첫 문장의 힘

첫 문장의 힘

그 장면은
진부하다

WRITE GREAT BEGINNINGS

샌드라 거스 지음
지여울 옮김

내 글이 작품이 되는 법

월북

차례

3부 뛰어난 서두를 쓰기 위해 해야 하는 일

4부 뛰어난 서두를 쓰기 위해 피해야 하는 일

5부 피해야 하는 세 가지 유형의 서두

서문

소설에서 서두를 반드시 잘 써야 하는 이유

서두를 잘 쓰는 것이 중요하다는 사실은 이미 알고 있으리라 생각한다. 그게 아니라면 아마 이 책을 쳐다보지도 않았을 테니 말이다. 하지만 서두를 그저 '중요하다'고만 말하기는 부족한 감이 있다. 서두는 책에서 '가장 중요한' 부분이다. 물론 마음을 사로잡는 중반부와 만족스러운 결말을 잘 쓰는 일도 충분히 중요하다. 하지만 편집자가 원고의 출간 여부를 결정하게 되는 곳은 소설의 서두다. 자가 출판을 하는 독립 작가라서 출판 기획자나 편집자에게 좋은 인상을 심어줄 필요가 없다고 하더라도 서두를 잘 쓰는 일은 두말할 필요 없이 중요하다. 여전히 독자에게 좋은 인상을 심어줄 필요가 있기 때문이다. 독자가 책을 구입할지 말지는 소설의 서두가 얼마나 뛰어난가에 달려 있다.

소설의 서두는 출판 기획자나 편집자, 독자가 여러분의 이야기를 처음 만나는 곳이다. 그들은 처음 몇 쪽만 읽어보고 책 전체 내용과 여러분의 집필 능력을 종합적으로 평가한다. 그러므로 그들에게 좋은 인상을 남길 수 있는 기회는 소설의 서두에 있다. 대부분의 경우 두 번째 기회 같은 것은 없다.

서두의 힘이 약하다면 소설의 나머지 부분이 얼마나 훌륭한지는 중요하지 않다. 독자와 출판 기획자, 편집자는 여러분의 책 11장에 등장할 치밀한 반전이나 멋진 액션이 펼쳐지는 최후의 대결 장면, 감동적인 결말을 결코 알 수 없다. 재미있는 부분에 이르기 오래 전에 이미 책을 덮었기 때문이다.

| 서두는 마케팅 수단이다 |

책을 시작하는 처음 몇 쪽은 실제로 책을 파는 마케팅 수단이 된다. 여러 상을 수상한 범죄 소설 작가 미키 스필레인은 "책을 파는 힘은 1장에 있다"라고 말했다. 독자가 어떻게 책을 구입하게 되는지 생각해보라. 대부분의 독자는 다음과 같은 과정을 통해 구입한다. 책 표지 혹은 제목에 관심이 끌리면 표지에 있는 소개 글을 읽는다. 내용이 흥미로우면 독자는 대부분 책을 펼쳐 첫 페이지부터 읽어볼 것이다. 온라인 서점에서 책을 구경하고 있다면 '미리보기'를 클릭할 것이다. 요즘 대부분의 온라인 서점에서는 미리보기를 통해 책 내용의 약 10퍼센트를 읽어볼 수 있다. 그러므로 소설의 첫 10퍼센트 부분이 특히 중요하다. 미리보기를 다 읽은 독자가 그다음 내용이 궁금하다면 마침내 책을 구입하게 된다. 소설의 첫 부분이 독자의 관심을 사로잡지 못한다면 독자는 책을 덮고 다른 책을 구경하러 가버릴 것이다.

오늘날 독자의 집중 시간은 짧다. 요즘 독자는 처음 몇 장을 참을성 있게 읽으며 무언가 흥미로운 일이 일어나기를 기다려주지 않는다. 독자에게 책을 사도록, 편집자에게 원고를 출간하도록 설득하기 위해서는 처음 한두 페이지 안에 승부를 보아야만 한다.

| 서두는 쓰기가 어렵다 |

게다가 수많은 작가들이 서두를 제대로 잘 쓰는 데 어려움을 겪는다. 독자가 눈을 뗄 수 없는 서두를 쓰는 일은 수많은 작가들이 소설을 쓰면서 어렵게 생각하는 일 중 하나다. 이런 작가들은 책의 서두를 가지고 씨름하며 몇 번이고 다시 쓰고, 고쳐 쓰고, 퇴고를 거듭하지만 결과에 완벽하게 만족하지 못한다. 한편 어떤 작가들은 자신이 완벽한 서두를 썼다고 확신하지만 출판 기획자나 편집자에게 퇴짜를 맞거나, 독자에게 외면당한다.

소설의 서두를 제대로 쓰지 못해 고군분투하고 있다면, 혹은 출판 기획자나 편집자에게 인정받을 만한 책을 쓰고 싶다면, 독자가 구입하고 싶은 책을 쓰고 싶다면, 이 안내서는 바로 여러분을 위한 책이다.

| 이 책에서 무엇을 배울 것인가 |

나는 작은 출판사에서 선임 편집자로 일하면서 출판사에 들어온 원고를 읽고 그 원고가 출간에 적합한지 판단하는 일을 하고 있다. 우리가 원고를 거절하는 데는 여러 가지 이유가 있지만 대부분의 경우, 원고의 서두가 우리의 관심을 사로잡지 못했거나 작가가 서두에서 흔히 하기 쉬운 실수를 저질렀기 때문이다. 예를 들면 서두의 속도가 너무 느리거나, 서두에 갈등이 전혀 없거나, 잘못된 곳에서 이야기를 시작하는 등의 실수들이다.

이 책에서는 어떻게 이런 실수를 피할 수 있는지, 그리고 어떻게 기획자와 편집자, 독자가 계속해서 책을 읽게 만드는 서두를 쓸 수 있는지 배우게 될 것이다.

이제 막 소설을 쓰기 시작한 신인 작가든 이미 몇 권의 책을 출간한 경험 많은 작가든 이 책을 통해 다음과 같은 일을 할 수 있다.

- 어디에서 이야기를 시작할지 결정한다.
- 깊은 인상을 남기는 첫 문장을 쓴다.

- 첫 페이지에서부터 독자의 관심을 낚는다.
- 지루한 서두, 진부한 서두, 독자의 오해를 사는 서두를 피한다.
- 서두에 프롤로그를 넣는 것이 과연 좋은 생각인지 판단한다.
- 가능한 한 소설의 초반부에서 독자가 이야기에 감정을 투자하게 만든다.
- 인물과 배경을 소개한다.
- 이야기의 시점을 확립하고 시제를 설정한다.
- 이야기가 앞으로 나아가는 기세를 멈추지 않으며 이야기 안에 배경 이야기와 묘사를 엮어 넣는다.
- 어떤 종류의 서두를 피해야 하는지 이해한다.
- 이야기의 3막 구조를 이해하고 1막을 이루는 구성 요소를 파악한다.
- 독자가 계속해서 다음 장을 읽고 싶도록 장의 끝부분을 마무리한다.

| 이 책을 가장 잘 활용하는 방법 |

각 장章 말미에 연습 과제가 수록되어 있다. 그 장에서 배운 것을 자신의 원고에 적용하는 데 도움이 될 만한 과제들이다. 매 장이 끝날 때마다 잠시 책을 덮고 연습 과제를 수행해보길 권한다. 나중에 연습 과제를 할 시간을 따로 내리라 생각하면서 이 단계를 건너뛰고 싶은 유혹이 들 수도 있다. 하지만 내 경우에 비추어 짐작하자면 나중에 가서는 다른 일로 바빠 이 책을 다시 펼쳐볼 시간이 없을 것이다. 그러므로 머릿속에 모든 것이 생생하게 남아 있는 지금 시간을 내어 연습 과제를 수행하라.

지금 쓰고 있는 원고의 처음 세 장을 인쇄하거나 사용하는 글쓰기 소프트웨어에 파일을 저장한 다음 이 책의 각 장을 다 읽을 때마다 연습 과제를 수행하라. 이 안내서를 다 읽을 무렵에는 출판 기획자와 편집자, 독자를 모두 사로잡는 서두를 완성할 수 있으리라 자신한다.

| 이 책에서 사용하는 예시에 대하여 |

이 책에서 사용한 예시 중 몇 가지는 내가 '재Jae'라는 필명으로 쓴 소설에서 발췌했다(jae-fiction.com에서 볼 수 있다). 내 소설에서 예시를 발췌한 이유는 내 작품이 최고라고 생각해서가 아니라 그저 내가 쓴 소설을 가장 잘 알고 있기 때문이다. 그리고 다른 작가의 저작권을 침해하지 않고, 그들의 실수를 지적하여 동료 작가들에게 창피를 주지 않으면서 내가 원하는 대로 자유롭게 예시를 인용할 수 있기 때문이다.

한편 이 책에서는 유명한 소설뿐만 아니라 잘 알려진 영화를 예로 삼기도 한다. 스토리텔링 원칙은 소설과 영화에 똑같이 적용된다. 그리고 나는 가능하면 여러분이 잘 알고 있는 작품으로 예를 들고 싶었다. 여기에서 소개한 영화나 책이 아직 안 본 작품이고 앞으로 볼 계획이라면 스포일러를 피하기 위해 그 예를 건너뛰어도 좋다.

| 이 책에서 사용하는 대명사에 대하여 |

소설은 마치 인생만큼이나 가지각색이다. 여러분은 어쩌면 여성 혹은 남성, 제3의 성, 혹은 완전히 다른 존재에 대해 소설을 쓰고 있을지도 모른다. 이 책에서 나는 성별이 구체적으로 밝혀진 인물에 대해 이야기할 때를 제외하고는 성 중립적인 대명사 '그'를 사용할 것이다.

행복하게 읽고, 행복하게 쓰길 바란다!

샌드라 거스

1부
서두란 무엇인가

이 책은 이야기의 서두를 다루는 안내서이니 우선 서두가 무엇인지부터 설명을 시작해야 한다고 생각한다. 어떻게 뛰어난 서두를 쓰는지, 어떤 실수를 피해야 하는지 논의하기 전에, 1부에서는 먼저 '서두'라는 용어를 어떻게 정의내리고 서두의 성격은 어떠한지부터 소개한다.

1장
정의

이야기의 서두란 무엇인가

이야기의 서두란 무엇인가? 첫 문장인가? 첫 문단인가? 첫 페이지인가? 첫 번째 장면인가? 소설의 1장인가? 아니면 온라인 서점에서 미리보기로 볼 수 있는 책 전체 내용의 10퍼센트인가? 혹은 출판 기획자나 편집자들이 일반적으로 작가에게 요구하기 마련인 1장부터 3장까지인가?

이야기의 서두가 무엇인지 규정하는 명확한 규칙은 없다. 하지만 나는 위의 질문에 모두 맞다고 대답할 것이다. 대부분의 경우 위에 언급한 모든 것이 전부 서두의 일부다. 그러므로 우리는 소설의 첫 문장에서 시작하여 3장에 이르기까지 서두를 구성하는 모든 것에 대해 논의할 것이다. 쓰고 있는 책에 따라 어쩌면 3장 이후의 내용까지 살펴볼 수도 있다.

서두는 전체 책 분량의 4분의 1을 차지할 수 있다. 8만 단어로 된 소설에서는 처음 2만 단어를 의미한다.

| 서두의 정의 |

이야기의 서두란 이야기를 설정하는 부분이다. 서두에서는 주인공과 소설 속 세계를 독자에게 소개한다. 또한 주인공이 책 중후반부에서 해결하려고 노력하게 될 중심 문제 혹은 중심 갈등을 소개한다. 대개 이 모든 것이 처음 3장 안에서 이루어진다. 물론 소설의 길이, 장의 길이에 따라 처음 2장 안에 서두가 구성되기도 하고 혹은 4장이나 5장까지 길어질 수도 있다.

이야기의 서두는 소설의 첫 단어에서 시작하며, 주인공이 목표를 추구하기로 결심하는 곳에서 끝난다. 예를 들어 살인 미스터리에서 탐정이 사건 의뢰를 수락하는 순간, 수잔 콜린스가 쓴 『헝거 게임』에서 캣니스가 조공인으로 자원하는 순간, 〈스타워즈 에피소드 4: 새로운 희망〉에서 루크 스카이워커가 오비완 캐노비와 동행하여 반란 연합에 합류하기로 결심하는 순간이다.

판타지 소설을 쓰든, 속도감 있는 스릴러 소설을 쓰든, 로맨스 소설을 쓰든 이 안내서를 통해 소설의 첫 문장에서 서두의 마지막에 이르기까지 서두를 이루는 모든 것에 대해 차근차근 알아보도록 하자.

연습 #1

서점이나 도서관, 혹은 온라인 서점에서 책을 고를 때 자신을 관찰해보자.
어떤 책을 살지, 사지 않을지 결정을 내리기 전에 그 책을 몇 페이지 정도
읽어보는가?

연습 #2

첫 페이지든, 1장 전체든 자신이 책을 사기로 결정을 내리기 전에 얼마나
읽는지 생각해보고 자신의 원고를 그만큼 읽어보자. 객관적으로 읽으려고
노력하라. 이 책을 처음 펼친 독자가 방금 읽은 내용만으로 이 책을 구입
할 것인가?

연습 #3

지금 쓰고 있는 소설과 같은 장르에서 좋아하는 소설 세 편을 골라 서두 부분을 다시 읽어보자. 서두가 어디에서 끝난다고 생각하는가? 이야기의 어느 지점까지 와 있는가? 세 편의 작품에서 서두의 분량은 전부 비슷한가?

연습 #4

이번에는 지금 쓰고 있는 원고 혹은 예전에 썼던 소설을 살펴보자. 서두가 끝나는 곳이 어디인가? 이야기의 어느 지점까지 와 있는가?

2장
초고와 고쳐쓰기

처음부터 완벽하게 쓸 필요가 없는 이유

이야기의 서두가 얼마나 중요한지 이렇게나 길게 설명했으니, 서두에 너무나 많은 것이 달려 있다는 생각에 어쩌면 조금 걱정이 되거나, 겁을 먹거나, 스트레스를 받을지도 모르겠다. 어쩌면 압박감에 짓눌린 나머지 원고를 끝마치지 못할지도 모른다. 심지어 원고를 시작할 엄두조차 내지 못할지도 모른다.

| 소설 쓰기는 뇌 수술과는 다르다 |

하지만 좋은 소식이 있다! 소설 쓰기는 뇌 수술과는 다르다. 처음부터 완벽할 필요가 없다는 점에서 그렇다. 초고를 쓸 때 서두를 완벽하게 쓰기 위해 지나치게 근심할 필요가 없다. 경험이 많은 작가라면 진정한 마법은 글을 고쳐 쓰는 과정에서 일어난다는 사실을 잘 알고 있을 것이다. 서두를 구성하는 장을 쓸 때 언제까지고 여기에 매달려 고쳐 쓰고 다듬어 쓰고 싶은 마음은 잠시 접어두고 계속해서 써나가라. 초고를 완성한 후에도 언제든지 다시 돌아와 마음에 들지 않는 부분을 고쳐 쓸 기회가 있다.

| 초고는 완벽함을 위한 것이 아니라 발견을 위한 것이다 |

초고를 쓰는 단계에서 중요한 것은 그저 종이 위에 단어를 채워 넣는 것뿐이다. 글이 완벽해야 할 필요는 없다. 수많은 작가들에게 초고는 이야기를 발견하는 과정이자 인물을 알아가는 과정이다.

어쩌면 초고를 쓰면서 인물에 대해 몰랐던 새로운 사실을 발견할 수도 있다. 이야기 자체가 예기치 못한 방향으로 흘러가게 되어 결말에 이르렀을 무렵 몇 달 전에 써두었던 서두가 더 이상 이야기에 딱 맞아 떨어지지 않을 수도 있다.

바로 이런 이유 때문에 책이 어떻게 끝나는지 알고 있는 것이 중요하다. 그래야만 책을 어떻게 시작해야 하는지 결정할 수 있고 서두에 해당하는 장을 어떻게 고쳐 써야 하는지 파악할 수 있다. 어쩌면 장면 하나, 장 하나를 통째로 들어내고 싶어질지도 모른다. 나는 『그저 육체적인Just Physical』을 쓸 당시 소설을 고쳐 쓰는 단계에서 처음 1, 2장을 완전히 들어내고 책을 3장에서 시작하기로 했다. 처음 2장까지 쓸 때 몇 달 동안 단어 하나하나, 문장 부호 하나하나에 공을 들였다면 결국 엄청난 시간을 낭비하는 셈이었을 것이다. 지금 할 수 있는 최선을 다해 서두 부분을 쓰고 다음으로 넘어간 후 나중에 다시 서두로 돌아오라.

| 필요하다면 서두를 건너뛰어도 좋다 |

도무지 서두를 쓸 엄두가 나지 않는다면 첫 장면, 혹은 첫 장을 아예 건너뛰고 2장 혹은 나중에 나오는 장면부터 글을 쓰기 시작해도 좋다. 서두는 독자가 책에서 가장 먼저 읽는 부분이지만 그렇다고 작가가 가장 먼저 써야 할 필요는 없다. 어떤 작가들은 실제로 1장을 가장 마지막에 집필하기도 한다. 시간 순서대로 글을 써나가는 것이 자신에게 맞는다면 "여기에 멋진 서두 장면을 넣을 것"이라고 표시를 해두고 다음 장면으로 넘어가도 좋다. 일단 초고를 완성하고 나면 이야기를 시작하는 완벽한 방식을 찾아내기가 한층 수월해진다.

연습 #5

자신이 어떤 부류의 작가인지 곰곰이 생각해보자. 소설의 첫 장을 건너뛴 다음 서두 장면을 나중에 쓰는 것이 소설을 쓰기 시작하는 데 도움이 되는 가? 아니면 소설의 가장 처음부터 글을 쓰기 시작하여 시간 순서에 따라 쓴 다음 나중에 다시 서두로 돌아와 고쳐 쓰는 방법이 자신에게 잘 맞는 가? 확신이 들지 않는다면 두 가지 방법을 모두 시험해보고 자신에게 가장 적합한 방법을 찾으라.

뛰어난 서두가
갖추어야 하는 요소

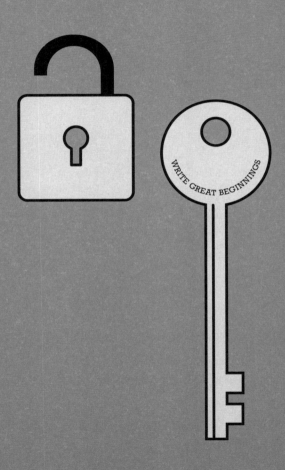

여행을 할 때 꼭 가봐야 하는 명소가 있는 것처럼 이야기의 서두에도 장편 소설이든, 중편 소설이든, 단편 소설이든 응당 짚고 가야 할 중요한 지점들이 있다. 만족스러운 여행을 하기 위해 독자가 작가에게 데려가주길 기대하는 특정 플롯 지점이다.

2부에서는 이야기의 서두가 짚고 넘어가야 할 플롯 지점에 대해 설명하고 독자가 이야기의 여정을 즐기는 데 도움이 될 만한 지침을 소개한다.

3장

3막 구조

이야기 구조에 대한 이해가
어떻게 소설 쓰기에 도움이 되는가

글쓰기에 대한 다른 책이나 블로그 글을 읽은 적이 있다면 아마도 이야기의 3막 구조에 대해 들어보았을 것이다. 3막 구조는 가장 흔하게 사용되는 이야기 구조며 아리스토텔레스 시대 이후로 내내 인류 곁에 있어 왔다.

'구조'라는 말을 보자마자 불만스러워하는 소리가 여기까지 들리는 기분이다. 3막 구조 같은 형식을 사용하면 판에 박힌 소설이 되지 않을까?

그렇지 않다. 우리가 여기에서 다루는 것은 이야기를 이야기답게 만드는 아주 개괄적인 양식으로 작가의 창작력을 제한하는 딱딱하고, 지나치게 세부적인 형식이 아니다. 3막 구조에서는 기본적으로 모든 이야기가 세 부분으로 구성된다고 규정한다.

- **시작(1막)**: 1막은 **설정**이라고도 한다. 여기에서는 주인공과 배경, 상황을 소개한다. 곧이어 주인공의 일상을 뒤바꾸는 어떤 사건이 벌어지며 그 결과 주인공은 어떤 목표를 추구하기로 결심한다.

- **중간(2막)**: 2막은 **충돌**이라고도 한다. 주인공은 자신의 목표를 향해 노력하지만 점점 더 많은 장애물과 마주하게 되며 이를 통해 배우고 성장한다.

- **결말(3막)**: 3막은 **해결**이라고도 한다. 주인공은 목표를 달성하는 데 성공하거나 혹은 실패한다. 대부분의 소설에서 주인공은 대개 목표를 향해 노력하는 과정에서 배운 교훈을 밑바탕 삼아 목표를 이룬다.

3막 구조는 비단 소설뿐만 아니라 영화, TV 드라마에서도 나타나는 이야기의 자연스러운 양식이다. 심지어 논픽션인 이 안내서 또한 시작(서문과 1부), 중간(이 장부터 시작한다), 그리고 결말(결론)로 구성되어 있다.

대부분의 이야기는 의도하든 의도하지 않든 이 양식을 따른다. 지난 수천 년 동안 그래왔다. 이 양식은 우리 인간에게 보편적으로 호소하는 데가 있다. 어쩌면 우리 인생의 수많은 부분이, 심지어 인생 그 자체가 시작, 중간, 결말로 구성되어 있기 때문인지도 모른다. 하루는 아침과 낮 그리고 저녁으로 이루어진다.

롤러코스터는 상승으로 시작하여 그 뒤에 낙하와 회전이 따르고 마침내 놀이 기구가 멈추면서 종결된다. 자신의 이야기에 이와 똑같은 구조를 적용한다면 독자는 이 친숙한 틀 안에서 긴장을 풀고 편안하게 여행을 즐길 것이다.

대부분의 소설에서는 1막과 3막이 이야기 앞뒤에서 약 4분의 1정도의 분량을 차지하고, 2막이 나머지 이야기 절반을 차지한다. 이따금 중간 부분이 이야기 중간점을 기준으로 2개의 막으로 나뉘는 경우도 있다. 그렇게 되면 이야기는 4막 구조가 되며 한 막이 이야기의 4분의 1분량으로 구성된다.

| 플롯을 짜는 작가, 즉흥적으로 글을 쓰는 작가, 그리고 그 사이 어딘가 |

"잠시만요!" 하고 어떤 이들은 말할지도 모른다. 여전히 '이야기 구조'에 대한 이 모든 것이 불편하게 여겨진다면 어떻게 한단 말인가? 그저 독자의 마음을 사로잡는 서두를 쓰고 싶었을 뿐인데, 갑자기 막이니 구조니 이야기의 각 부분이 얼마만큼의 분량을 차지해야 하는지에 대해 논의하고 있으니 말이다. 어떤 작가들에게는 초고를 쓰는 단계에서 이야기 구조를 염두에 두어야 한다는 것 자체가 숨 막히게 느껴질 수 있다.

이미 알고 있을지도 모르지만, 작가는 대부분 두 가지 부류로 나누어진다. 플롯을 짜는 작가와 즉흥적으로 글을 쓰는 작가다.

플롯을 짜는 작가는 미리 이야기의 플롯을 마련해두는 작가를 말한다. 이 작가들은 집필을 시작하기 전에 상당한 시간을 들여 이야기를 계획하고, 개요를 그리고, 인물 구성을 마련한다.

반면 유기적 작가 혹은 발견 작가라고도 불리는 즉흥적으로 글을 쓰는 작가들은 책의 개요를 짜는 대신 그저 엉덩이를 붙이고 앉아 글을 쓴다. 이야기가 어떻게 끝날지 아무 생각이 없거나 아주 모호한 생각만을 가지고 글을 쓰기 시작하며 글을 써나가는 과정에서 결말을 발견한다. 이런 작가들은 미리부터 이야기를 계획하면 구속받는 기분에 시달리거나 이야기에 대한 흥미를 아예 잃어버릴 수도 있다. 그들에게는 글을 쓰면서 이야기와 인물에 대해 발견해 나가는 과정이 글을 쓰는 재미의 큰 부분을 차지하기 때문이다.

나는 어느 한 쪽의 집필 방식이 다른 쪽과 비교해 더 좋다는 말을 하려는 것이 아니다. 플롯을 짜는 작가와 즉흥적으로 글을 쓰는 작가 모두 나름의 장점과 단점을 가지고 있다. 소설을 쓰는 데 있어 올바른 방식, 잘못된 방식 같은 것은 없다. 그저 자신에게 맞는 방식이 있을 뿐이다.

그런데 대부분의 작가는 이 두 가지 부류 중 어느 한 쪽에만 속해 있지 않다. 글쓰기 방식을 플롯 짜기와 즉흥적인 글쓰기가 양극단에 존재하는 하나의 연속체라고 생각하면 도움이 될 것이다. 대부분의 작가는 그 연속체의 어느 지점에 존재한다.

나로 말할 것 같으면 나 또한 잡종이다. 굳이 말하자면 즉흥 작가에 좀 더 가깝다. 소설 집필을 시작하기 전에 플롯을 짜기는 하지만 상세한 세부 사항까지 생각해두지는 않는다. 중요한 플롯 지점들을 알고 있지만 그 중간에 일어나는 작은 사건들은 전부 글을 써나가는 과정에서 발견한다.

자신에게 어떤 방법이 효과적인지 파악하라. 다른 방식들을 시험해보고 글 쓰는 방법을 바꾸기를 두려워하지 마라.

| 즉흥 작가는 여기에서 무엇을 얻을 수 있는가 |

나는 즉흥 작가라 할지라도 이야기의 3막 구조를 이해한다면 소설을 쓰는 데 도움을 받을 수 있으리라 자신한다.

첫째, 소설의 구조를 이해하고 있다면 이야기가 궤도에서 벗어나지 않고 전혀 엉뚱한 곳으로 흘러가지 않도록 막을 수 있다. 자신이 쓰는 소설에서 무슨 일이 벌어지게 될지 아직 알지 못한다 하더라도 이야기 기저에 깔린 스토리텔링의 보편적인 양식과 요소를 알고 있다면 올바른 방향으로 나아갈 수 있다. 의식적으로 이야기 구조를 염두에 두지 않더라도 여러분의 무의식이 중요한 플롯 지점을 중심 삼아 이야기의 형태를 구성해나갈 것이다.

둘째, 초고를 쓰는 단계에서 이야기 구조에 대한 지식을 꼭 사용해야 할 필요는 없다. 초고를 완성한 다음 원고를 분석하고 고쳐 쓰는 단계에서 3막 구조를 활용해도 좋다. 이야기가 중요한 플롯 지점들을 갖추었는가? 대략적으로 올바른 시기에 플롯 지점에 도달하는가? 첫 번째 전환점이 지나치게 늦게 등장하여 서두가 질질 늘어지는 것처럼 보이는가? 이야기가 너무 서둘러 결말지어지는가?

플롯 작가와 즉흥 작가 연속체의 어느 지점에 있든지 다음에 이어지는 장들을 주의 깊게 공부한다면 도움을 받을 수 있을 것이다.

| 1막의 역할과 길이 |

이제 이 책이 다루는 주제에 대해 좀 더 자세하게 살펴보도록 하자. 바로 1막, 즉 이야기의 서두다. 1막의 역할은 주인공과 소설 속 세계, 이야기의 중심이 되는 갈등을 소개하는 것이다. 앞에서 언급했듯이 서두는 이야기의 약 4분의 1을 차지한다. 8만 단어로 된 소설에서 이는 2만 단어 분량이다. 하지만 오늘날 서두는 종종 이보다 더 짧아 실제로 이야기의 15퍼센트에서 20퍼센트로 구성되기도 한다(1만 2천 단어에서 1만 6천 단어 정도).

이 숫자를 반드시 지켜야 하는 원칙이라기보다는 대략적인

지침으로만 생각하라. 서두의 길이가 얼마나 길어야 하는지는 각각의 책과 장르에 따라 달라지기 때문이다. 이야기가 속도감 있게 진행되는 스릴러 소설이나 미스터리 소설에서는 종종 서두가 짧게 끝나기 마련이고 서사 판타지 소설이라면 서두에 좀 더 많은 페이지가 할애된다. 이 지침에서 조금은 벗어날 수 있지만 지나치지 않도록 주의하라. 만일 서두가 책의 3분의 1을 차지한다면 장황하게 느껴지기 쉬우며 독자가 싫증을 낼 가능성이 높다.

| 1막을 구성하는 요소 |

1막은 다음의 네 가지 중요한 요소들로 구성된다.

- 일상 세계
- 격변의 사건
- 소명의 거부
- 되돌아오지 못하는 지점

이 플롯 지점들에 대해 처음 들어본다 해도 걱정할 필요는 없다. 다음에 이어지는 장들에서 이 각각의 요소를 하나씩 자세히 살펴볼 것이다.

참고 도서

이 책은 서두를 잘 쓰는 법을 다루는 안내서이므로 여기에서는 1막을 중점적으로 다룰 예정이다. 2막과 3막에 대해 도움을 받고 싶다면 여기에 있는 몇 권의 책을 추천한다.

- K. M. 웨일랜드K. M Weiland, 『소설의 구조 짜기: 뛰어난 이야기를 쓰는 핵심 비결Structuring Your Novel: Essential Keys for Writing an Outstanding Story』

- 블레이크 스나이더, 『SAVE THE CAT!: 흥행하는 영화 시나리오의 8가지 법칙』, 비즈앤비즈, 2014년

- 제시카 브로디, 『SAVE THE CAT! 나의 첫 소설 쓰기: 아이디어를 소설로 빚어내기 위한 15가지 법칙』, 타인의 사유, 2021년

- 크리스토퍼 보글러, 『신화, 영웅, 그리고 시나리오 쓰기』, 비즈앤비즈, 2013년

- 마사 앨더슨Martha Alderson, 『플롯 위스퍼러: 어떤 작가도 숙달할 수 있는 이야기 구조의 비밀The Plot Whisperer: Secrets of Story Structure Any Writer Can Master』

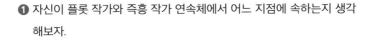

연습 #6

❶ 자신이 플롯 작가와 즉흥 작가 연속체에서 어느 지점에 속하는지 생각해보자.

❷ 자신의 집필 성향이 이야기 구조를 다루는 데 있어 어떤 영향을 미치는가? 쓰고 있는 이야기의 구조를 한층 자세히 살펴보는 것은 집필 과정의 어느 단계에서인가? 플롯을 짜는 단계인가, 글을 고쳐 쓰는 단계인가, 혹은 그 사이 어느 지점인가?

4장
플롯 지점 1-일상 세계

어떻게 주인공의 일상생활을 소개하는가

일반적으로 책을 시작하는 첫 장면에서는 크리스토퍼 보글러가 『신화, 영웅, 그리고 시나리오 쓰기』에서 주인공의 '일상 세계ordinary world'라고 부르는 것을 소개한다.

일상 세계 부분은 어떤 사건이 일어나 모든 것을 뒤바꾸기 이전에 주인공이 어떻게 살고 있었는지를 재빨리 보여주는 스냅 사진 같은 것이다. 격변의 사건이 일어나기 전에 주인공은 어떤 인생을 살고 있었는가?

예를 들어 J. K. 롤링이 쓴 『해리 포터와 마법사의 돌』에서는 첫 몇 쪽에 걸쳐 해리가 더즐리 가족과 함께 사는 모습을 묘사하고 해리가 어떻게 그곳에 살게 되었는지를 설명한다.

| 일상 세계 장면의 목표 |

이야기의 일상 세계 부분에서 작가는 적어도 세 가지 목표, 어떤 경우에는 네 가지 목표를 염두에 두고 있어야 한다.

- **주인공(들)을 소개한다.** 주인공이 어떤 부류의 사람인지 독자에게 보여주라. 가장 중요한 성격의 특징은 무엇인가? 어떤 결점이 있는가? 지금 이 시점에서 주인공의 목표는 무엇인가? 여기에서 내가 주인공에 대해 '말해주라'고 하지 않고 '보여주라'고 한 것을 주목하라. 독자에게 "줄리아는 친절한 여자다"라고 '말해주는' 대신 줄리아가 가게의 계산대에서 돈이 몇 달러 모자란 다른 손님을 도와 대신 돈을 내주는 장면을 '보여주라'. 이를 잘 보여주는 예로 영화 〈니모를 찾아서〉는 일상 세계 장면에서 주인공 말린의 성격과 결점을 소개하는 과업을 훌륭하게 수행한다. 말린은 아내와 알을 모두 잃고 난 후 위험을 감수하기를 두려워하는 과보호적인 아버지가 된다. 어떻게 '말하는' 대신 '보여줄' 수 있는지 더 많은 것을 알고 싶다면 '내 글이 작품이 되는 법' 시리즈의 또 다른 안내서인 『묘사의 힘』을 참고하라.
- **인물과의 유대감을 형성한다.** 독자가 주인공과 유대감을 형성하고 인물들에게 공감하게 만들어, 격변의 사건이 일어나 주인공의 인생이 완전히 뒤바뀌었을 때 독자가 주인공을 염려하게

만들어야 한다. 주인공에게 느끼는 유대감은 독자가 인물에게 무슨 일이 생기는지 알고 싶어 계속해서 책장을 넘기게 하는 힘으로 작용한다. 독자가 주인공에게 자신의 감정을 투자하지 않는다면 주인공이 목표를 달성하게 될지, 마침내 독자가 원하는 결말에 이르게 될지 신경 쓰지 않을 것이다. 이 책의 10장에서는 이토록 중요한 유대감을 형성하는 방법에 대해 다룰 것이다.

- **이야기의 맥락을 마련하고 대조의 기준을 제공한다.** 일상 세계 장면을 통해 독자는 주인공의 일상생활에 대해 알게 된다. 그 결과 격변의 사건이 일어나는 순간을 포착할 수 있으며 그 사건이 주인공의 삶을 얼마나 뒤흔들어 놓는지를 이해할 수 있다. 예를 들어 내가 쓴 로맨스 소설 『그저 보여주는 관계Just for Show』에서 나는 격변의 사건이 일어나기 전에 독자가 주인공의 성격을 엿볼 필요가 있다고 생각했다. 클레어가 얼마나 완벽주의적인 성향을 지니고 있는지 알게 된 독자는 격변의 사건(약혼자가 약혼을 깼다)이 클레어에게 특히 큰 충격을 줄 것이라는 사실을 이해하게 된다. 파혼으로 인해 클레어가 그리던 완벽한 인생이 무너졌기 때문이다. 한편 일상 세계 장면은 이야기가 시작되는 시점에서 주인공이 어떤 사람인지, 어떤 두려움과 결점을 안고 살아가고 있는지에 대한 기준점을 마련한다. 인물 궤적이 시작하는 이 출발점은 소설 마지막 장면에서 주인공이 얼마나 크게 변화했는지를 대조할 수 있는 기준이 된다.

- **마지막 장면과 거울에 비춘 듯 비슷하다.** 어떤 소설에서는 첫 장면이 마지막 장면과 마치 거울에 비춘 듯 닮아 있다. 다만 한 가지 중대한 차이점이 있을 뿐이다. 이런 장면을 순환 결말이라고 부르기도 한다. 주인공은 이야기의 첫 장면과 마지막 장면에서 비슷한 상황에 처하지만 소설에서 일어난 사건들을 겪으며 변화했기 때문에 똑같은 상황에서도 주인공이 대응하는 방식은 달라질 수밖에 없다. 예를 들어 내가 쓴 로맨스 소설 『결혼할 부류는 아니야Not the Marrying Kind』는 주인공이 빵집에서 컵케이크를 사는 장면으로 시작하고 끝난다. 첫 장면에서 주인공은 바닐라 컵케이크라는 안전한 선택을 하지만 마지막 장면에서는 솔티드 카라멜을 입힌 데카당 초콜릿 컵케이크를 선택한다. 이는 별 것 아닌 차이처럼 보이지만 이 책을 읽은 독자들은 이 컵케이크가 상징하는 근본적인 변화를 이해하게 될 것이다.

| 일상 세계 장면의 문제점 |

일상 세계 장면의 문제점은 인물이 일상생활을 영위하는 모습을 지켜보는 일이 독자에게 아주 지루하게 느껴질 수 있다는 점이다. 지루한 서두는 결코 바람직하지 않다. 여기에서 이 문제점을 피하기 위한 몇 가지 방법을 설명한다.

- **일상 세계 장면을 짧게 줄인다.** 독자가 이야기의 전후 사정을 살짝 들여다보고 주인공과 유대감을 맺을 수 있을 정도로만 일상 세계를 보여주라. 그다음 바로 격변의 사건을 일어나게 만들라. 일상 세계를 보여주는 데 한 장면을 온전히 다 쓸 필요도 없다. 이야기에 따라 달라지겠지만 일상 세계 장면은 몇 문단만으로 충분하다.

- **일상 세계를 평범하지 않은 흥미로운 모습으로 그린다.** 주인공이 잠자리에서 일어나 양치질을 하고 아침을 먹는 평범한 모습은 보여주지 말라. 판에 박힌 듯한 일과로 독자를 지루하게 하지 않도록 유의하라.

- **이제 막 무슨 사건이 일어날 것이라는 사실을 암시한다.** 이 평범한 일상은 단지 폭풍 전의 고요일 뿐이다. 무언가 비일상적인 사건이 이제 곧 발생할 것이다. 수잔 콜린스의 『헝거 게임』에서 우리는 오늘이 '추첨'하는 날이라는 사실을 알게 된다.

- **의문을 불러일으킨다.** 첫 장면에서 독자의 마음에 의문을 불러일으키는 요소를 넣도록 유의하라. 수잔 콜린스의 『헝거 게임』의 첫 장면에서 우리는 도대체 '추첨'하는 날이 무엇인지 알고 싶어진다. 우리는 '추첨'하는 날이 무엇인지 알고 싶은 마음에, 그리고 누구의 이름이 뽑히게 되는지 궁금한 마음에 계속해서 책을 읽게 된다(이 책을 읽지 않은 독자를 위해 설명하자면 '추첨'하는 날이란 헝거 게임에 참가할 조공인을 추첨으로 뽑는 연례행사다). 나중에

나오는 장에서 독자의 마음에 의문을 불러일으키는 방법에 대해 좀 더 자세히 설명할 것이다.

- **즉시 주인공에게 목표를 부여한다.** 그 목표가 소설의 나머지 부분에서 주인공이 좇게 될 원대한 최종 목표일 필요는 없다. 하지만 주인공이 '무언가'를 원하게 만들라. 어떤 목표를 위해 행동하는 적극적인 인물은 수동적인 인물보다 더 흥미롭기 마련이다.

- **주인공이 갈등에 봉착하거나 문제에 대처하는 모습을 보여준다.** 주인공이 어떤 문제에 대처하는 모습을 통해 독자는 주인공의 성격에 대해 많은 것을 알게 된다. 내가 쓴 소설『결혼할 부류는 아니야』에서 꽃집을 운영하는 애슐리는 애인을 위해서 값비싼 장미 다발을 주문하면서 아내에게는 "아무 꽃으로나" 꽃다발을 만들어 달라고 말하는 손님과 갈등을 겪는다. 그 손님에게 나가 달라고 말하거나 그의 아내에게 남편의 불륜을 귀띔하는 대신 애슐리는 아내에게 주는 꽃다발을 대부분의 사람들은 알 리가 없는, 기만과 배신을 상징하는 꽃들로 만들어 손님에게 쥐어 보낸다. 약간의 긴장감을 부여하여 애슐리가 꽃을 파는 일상 세계 장면을 지루하지 않게 만드는 한편 애슐리가 갈등에 정면으로 대응하는 성격이 아니라는 사실을 독자에게 보여줄 수 있다.

- **인물의 결점이나 두려움, 잘못된 신념을 드러낸다.** 독자에게

주인공이 겪게 될 인물 궤적에 대해 적어도 한 가지 정도 실마리를 남기라. 책 말미에 이르러 그들이 목표를 달성하기 위해 배워야 할 인생의 교훈이라든가 혹은 극복해야 하는 결점 같은 것이다. 주인공은 아직 그런 결점이 있다는 사실조차 깨닫지 못하고 있을지도 모른다. 변화가 필요한 무언가를 보여주라. 현 상태가 계속 지속될 수는 없다. 그 결점은 주인공의 삶에 부정적으로 작용하며, 비록 주인공은 지금 스스로 만족하고 있다고 생각할지도 모르지만 실제로는 그 결점과 두려움 탓에 진정한 행복에 이르지 못하기 때문이다. 내가 쓴 소설 『그저 보여주는 관계』의 첫 장면에서 주인공인 클레어는 출장 연회 요리사를 제치고 자신의 약혼 파티 뷔페 음식을 직접 나서 마무리한다. 이 장면을 통해 독자는 클레어가 지나치게 완벽을 추구하고 모든 것을 지나치게 꼼꼼히 관리하려는 결점이 있다는 사실을 알게 된다. 이 결점은 같은 장면의 후반부에서 약혼자가 그녀와의 약혼을 깨는 이유 중 하나로 작용한다.

연습 #7

지금 쓰고 있는 소설과 같은 장르에서 좋아하는 작품 세 편을 골라 살펴보자. 그 작품에서는 격변의 사건이 일어나기 전에 주인공의 일상 세계를 어느 정도까지 보여주는가? 어떻게 일상 세계 장면을 지루하지 않게 유지하는가?

연습 #8

- 이미 소설을 고쳐 쓰는 단계라면 소설을 여는 첫 장면을 살펴보자. 주인공의 일상 세계를 얼마나 많이 보여주고 있는가? 서두가 질질 늘어지는 것을 피하기 위해 일부를 잘라낼 필요가 있는가? 혹은 격변의 사건에 대한 맥락을 마련하기 위해 일상 세계를 조금 더 보여줄 필요가 있는가?

- 아직 이야기를 계획하고 있는 단계라면 책을 어떻게 시작할지 생각해보자. 주인공의 일상 세계를 얼마나 많이 보여줄 작정인가? 어떻게 일상 세계 부분을 지루하지 않게 보여줄 생각인가?

연습 #9

이 장에서 설명한 '일상 세계 장면의 목표'를 다시 훑어본 다음 이를 목록으로 만들자. 자신이 쓴 일상 세계 장면이 이 목록에서 적어도 처음 세 가지 목표는 달성하는가? 그렇지 않다면 어떻게 이 목표들을 달성할 수 있는가?

연습 #10

이 장에서 설명한 '일상 세계 장면의 문제점'을 다시 훑어본 다음 그 해결 방안들을 목록으로 만들자. 자신이 쓴 원고의 서두에 이 해결 방안들을 전부 적용하고 있는가? 그렇지 않다면 원고를 어떻게 고쳐 쓸 수 있는가?

5장
플롯 지점 2-격변의 사건

어떻게 플롯을 움직이게 만드는가

자, 이제 주인공의 일상 세계를 확립했다. 당연한 말이지만 일상생활이 계속해서 이어지게 할 수는 없다. 실질적인 변화가 일어나지 않는다면 독자는 금세 지루해할 것이다. 어떤 사건이 일어나 지금의 현상 유지 상태를 붕괴시키고, 주인공을 안전한 장소에서 끄집어내며, 이야기를 앞으로 나아가게 만들 필요가 있다.

그 어떤 사건을 바로 '격변의 사건'이라고 한다. 이는 또한 '모험에의 소명'(크리스토퍼 보글러), '소동', '기폭제'(블레이크 스나이더)라고 부르기도 한다. 이 사건은 주인공의 일상 세계를 소개한 뒤에 이야기를 발진시키는 기폭 장치다. 주인공은 미처 알지 못할지도 모르지만, 이 사건으로 인해 주인공은 강제로 일상 세계에서 벗어나 자신의 인생을 완전히 변화시키게 된다.

| 격변의 사건의 두 가지 유형 |

격변의 사건에는 두 가지 형태가 존재한다. 격변의 사건은 주인공이 해결해야만 하는 문제 혹은 더 나은 인생을 살 수 있는 기회라는 형태로 나타날 수 있다.

대부분의 이야기에서 격변의 사건은 해결해야만 하는 **문제**의 형태로 나타난다. 주인공에게 무언가 좋지 않은 일이 발생한다. 직장에서 해고된다. 자녀가 납치당한다. 살인 누명을 뒤집어쓴다. 적대하는 인물과 함께 엘리베이터에 갇힌다.

한편 격변의 사건은 인물 앞에 놓인 긍정적인 사건 혹은 **기회**의 형태로 나타날 수도 있다. 이를테면 주인공이 1000만 달러 복권에 당첨되는 것이다. 그리고 대부분의 경우, 이 기회에는 함정이 숨겨져 있다. 주인공은 엄청난 보상을 약속하지만 나름의 대가를 치르거나 위험을 감수해야 하는 선택과 마주한다. 예를 들어 내가 쓴 로맨스 소설 『결혼할 부류는 아니야』에서 애슐리는 예전의 여자 친구와 화해하고 우정을 되찾을 기회를 맞이한다. 하지만 그러기 위해서는 부모님과 보수적인 마을 사람들의 따가운 시선을 무릅쓰고 동성 결혼식의 꽃 장식을 맡아야만 한다.

| 격변의 사건의 예들 |

• 수잔 콜린스의 『헝거 게임』: 캣니스는 조공인으로 여동생인 프

림의 이름이 뽑히는 광경을 목격한다. 이 말은 곧 프림이 헝거 게임에 참가하여 싸워야 한다는 뜻이다.

- 영화 〈스타워즈 에피소드 4: 새로운 희망〉: 루크 스카이워크는 레아 공주의 홀로그램 전언을 받는다.

- J. K. 롤링의 『해리 포터와 마법사의 돌』: 해리는 호그와트 마법 학교의 입학 허가서를 받는다.

- 앤디 위어의 『마션』: 화성에 모래 폭풍이 닥친 끝에 다른 우주 비행사들은 마크가 죽었다고 생각하고 화성을 떠난다. 마크는 화성에 꼼짝없이 홀로 남겨진다.

- 내가 쓴 로맨스 소설 『완벽한 리듬Perfect Rhythm』: 사이가 멀어진 어머니가 리오에게 전화를 걸어와 아버지가 발작을 일으켰으니 고향으로 돌아오라고 말한다.

- 영화 〈니모를 찾아서〉: 흰동가리 말린은 아들인 니모가 스쿠버 다이버에게 잡혀가는 모습을 지켜보면서도 아무것도 할 수가 없다.

- 영화 〈투씨〉: 일이 없는 배우인 마이클은 에이전트에게 그가 함께 일하기 까다로운 사람이라 할리우드에서 어느 누구도 다시는 그를 고용하지 않을 것이라는 말을 듣는다.

| 격변의 사건과 장르 |

이야기의 시동을 거는 기폭제가 되는 사건은 종종 장르 특정적이다. 이 말은 곧 격변의 사건이 지금 쓰고 있는 책의 장르에 영향을 받는다는 뜻이다.

- **로맨스 소설**에서 격변의 사건은 대부분(하지만 항상 그렇지는 않다) 미래에 연인으로 발전하게 될 두 사람이 처음으로 만나는 순간이다. 혹은 두 사람이 이미 서로 알고 있는 사이라면 두 사람이 처음으로 한 페이지에 등장하는 순간이다. 이런 첫 만남을 종종 '깜찍한 만남(미트 큐트, meet cute)'이라고 부르기도 한다. 과거 로맨틱 코미디 영화에서 종종 귀엽고 재미있는 방식으로 주인공들이 서로를 만났기 때문이다. 이를테면 말 그대로 서로에게 달려가 부딪치는 방식이다. 어떤 로맨스 소설에서는 격변의 사건이 두 사람이 처음으로 서로를 만나게 되는 계기를 마련하는 개별적인 사건으로 등장하기도 한다. 이 경우 격변의 사건은 두 인물을 한 페이지에 등장하게 만들어 낭만적 여정의 시동을 거는 첫 도미노 역할을 한다고 할 수 있다. 예를 들어 샤이엔 블루Cheyenne Blue가 쓴 『이렇게 넓은 가슴A Heart This Big』에서 격변의 사건은 일곱 살 빌리가 말에서 떨어지면서 빌리의 어머니가 농장에 소송을 제기하는 사건이다. 이 소송 때문에 농장 주인인 니나는 앞으로 연인으로 발전하게 될 상대인 변호

사를 만나게 된다.

- 스릴러 소설에서 격변의 사건은 대개의 경우 악당의 습격일 때가 많다.

- 미스터리 소설 혹은 범죄 소설에서 격변의 사건은 범죄를 저지르는 순간, 혹은 시체가 발견되는 것처럼 범죄 사실이 밝혀지는 순간, 사립 탐정에게 고객이 새로운 사건을 의뢰하는 순간이다.

| 격변의 사건이 갖추어야 할 필수 요소 |

제 역할을 해내기 위해 격변의 사건은 몇 가지 필수 요소를 만족시킬 필요가 있다. 주인공이 두 명(혹은 그 이상)이라면 격변의 사건은 두 주인공 모두에게 다음과 같은 과제를 수행해야 한다.

- **격변의 사건은 이야기의 시동을 걸어야 한다.** 격변의 사건은 플롯을 움직이게 만드는 기폭 장치가 되어야 한다. 격변의 사건이 없다면 책의 나머지 부분에서 일어나는 사건들이 벌어지지 않을 것이다. 예를 들어 J. R. R. 톨킨이 쓴『반지의 제왕』에서 격변의 사건은 프로도의 삼촌이 프로도에게 반지를 남겨주는 일이다. 반지가 프로도의 손에 들어오지 않았다면 프로도는 반지를 파괴하기 위한 모험 길에 나서지 않았을 것이다. 격변

의 사건이 플롯과 전혀 상관없이 발생한다면 다시 처음으로 돌아가 다른 촉매 사건을 선택하라.

- 주인공의 인생을 새로운 방향으로 틀고 완전히 변화시킬 수 있을 만큼 **충분히 중대한 의미를 지니고 있어야 한다.**

- **주인공을 안전지대에서 벗어나게 만들어야 한다.** 그리고 주인공의 결점과 두려움을 촉발시켜야만 한다. 이야기가 전개됨에 따라 주인공은 격변의 사건의 결과로 처하게 된 새로운 상황에서 강제로 자신의 결점과 두려움을 마주하며 서서히 변화하게 된다. 예로 내가 쓴 로맨스 소설 『완벽한 리듬』에서 리오는 작은 시골 마을에서 더 이상 살고 싶지 않았기 때문에 열여덟 살에 고향 마을을 등졌다. 어머니가 전화를 걸어 고향으로 돌아오라고 말하는 순간 어디에도 자신이 속하지 않는 기분, 쑥덕공론에 시달렸던 묵은 감정들이 전부 되돌아온다. 처음에는 고향으로 돌아가는 일이 탐탁지 않았던 리오는 이야기가 전개됨에 따라 작은 시골 마을의 삶에도 긍정적인 면이 있다는 사실을 조금씩 이해하기 시작한다.

- **격변의 사건은 책장 위에서 벌어져야 한다.** 독자는 그 사건이 일어나는 모습을 목격해야만 한다. 그저 사건을 '화면 밖'에서 벌어지게 만든 다음 나중에 독자에게 그저 배경 이야기 같은 형태로 말해주어서는 안 된다.

- **주인공이 사건에 '휘말려야' 한다.** 격변의 사건은 대부분 주인

공이 스스로 초래하는 사건이 아니라 다른 누군가에 의해 일어나는 사건이다.

- **주인공에게 감정적 반응을 불러일으켜야 한다.** 격변의 사건은 중립적 사건이어서는 안 되며 주인공에게 긍정적인 감정이든, 부정적인 감정이든 강렬한 감정을 불러일으키는 사건이어야 한다. 그리고 작가는 주인공의 시점에 깊이 들어가 이 사건을 다루며 독자가 그 감정의 일부를 공유하도록 해야 한다.
- **격변의 사건을 통해 주인공이 달성해야 하는 외부적인 목표가 발생해야 한다.** 격변의 사건으로 주인공은 새로운 기회를 얻어야 한다. 혹은 격변의 사건으로 삶의 균형이 무너진 끝에 삶을 되찾는 것을 목표로 삼아야 한다. 예를 들어 샤이엔 블루의 『이렇게 넓은 가슴』에서는 격변의 사건으로 니나의 농장이 위기를 맞고 그 결과 니나에게 외부적인 목표가 생긴다. 최고의 변호사를 고용하여 농장을 구하는 것이다.

| 격변의 사건이 발생하는 위치 |

그렇다면 격변의 사건은 소설의 어느 지점에서 발생해야 하는가? 시나리오 작법 안내서들은 대부분 격변의 사건이 이야기가 10퍼센트에서 12퍼센트 진행된 지점에서 발생할 필요가 있다고 말한다. 이는 1막의 중간 지점이지만 반드시 이 숫자를 지켜야 하는 것은 아니다.

일반적인 원칙에 따르면 격변의 사건은 책이 시작하고 가능하면 빨리 발생하는 것이 좋다. 이 말은 곧 격변의 사건이 소설의 1장 안에서 발생해야 한다는 것을 의미하며 격변의 사건 없이 3장을 넘어가서는 안 된다는 뜻이다.

내가 편집하는 원고들을 살펴보면 격변의 사건이 지나치게 늦게 발생하는 경우가 많다. 수많은 신인 작가들이 소설을 잘못된 지점에서 시작하고 처음 3장을 실제로 아무 사건도 없이, 그저 인물을 소개하고 배경을 묘사하는 데 소비한다. 원고를 고쳐 쓰는 단계에서 이 문제를 해결하지 않는다면 독자는 이야기의 서두가 지나치게 느리다고 생각하며 책에 흥미를 잃고 만다. 그러므로 나는 일상 세계 부분을 짧게 줄일 것을 권한다.

어떤 편집자와 글쓰기 교사는 심지어 일상 세계 부분을 완전히 건너뛰고 격변의 사건에서부터 이야기를 시작하라고 충고한다. 이 충고는 어떤 책에는 효과적일지도 모르지만 어떤 책에는 맞지 않는 방법이다. 격변의 사건이 책의 어느 부분에 등장해야 하는지, 책을 어떻게 시작해야 좋은지는 쓰고 있는 책에 따라 달라진다. 어떤 책들은 변화의 순간에 책을 시작하는 것이 가장 효과적이지만 또 어떤 책들은 변화가 일어나기 직전에 책을 시작하는 것이 더 효과적이기도 하다.

예를 들어 수잔 콜린스의 『헝거 게임』에서 프림의 이름이 조공인으로 뽑히는 격변의 사건은 24쪽에서 일어난다. 캣니스의 세계를 약간이라도 이해하기 위해서는 이 24쪽이 필요하다. 우리는 캣니스의 아버지가 세상을 떠났고 캣니스가 가족의 보호자 역할을 하고 있다는 사실을 알게 된다. 여동생의 이름이 조공인으로 뽑혔을 때 왜 캣니스의 세계가 흔들렸는지, 그가 왜 목숨을 내걸면서까지 여동생 대신 자원하고 나서는지를 이해하기 위해서는 이 정보들이 필요하다.

이와는 대조적으로 앤디 위어의『마션』은 주인공이 이미 문제에 휘말린 상태, 즉 화성에 홀로 버려진 상태에서 이야기의 문을 연다. 주인공이 어떻게 임무에 선발되었는지 그 과정은 보여주지 않으며 또한 화성으로 향하는 여정을 묘사하지도 않는다. 지원 물품이 없는 외딴 행성에 홀로 버려지는 일이 얼마나 불행한 일인지 이해하는 데 특별한 정보가 필요하지 않기 때문이다.

일상 세계 부분을 가능한 한 짧게 줄여야 하지만, 필요한 만큼은 충분히 남겨야 한다. 이 말은 무슨 뜻인가? 일상 세계 부분을 얼마나 드러내야 하는지는 격변의 사건이 지닌 속성에 따라 달라진다는 뜻이다. 격변의 사건이『마션』에서처럼 별 다른 전후 맥락 없이도 이해할 수 있을 만한 사건인가? 혹은『헝거 게임』에서처럼 작가가 독자에게 어느 정도 전후 사정을 알려주고 주인공과 우선 유대감을 쌓을 시간을 주었을 때 더 강한 충격을 주는 사건인가?

격변의 사건이 주인공에게 어떤 의미인지 이해하기 위해 독자가 주인공의 삶에 대해 얼마나 알아야 하는지 스스로 질문을 던지라. 대부분의 경우 독자는 작가가 생각하는 것만큼 많은 것을 알 필요가 없다. 그러므로 지나치게 이른 시기에 이야기를 시작하지 말라. 이야기의 나중에 가서 언제라도 주인공의 삶에 대해 좀 더 자세하게 알려줄 수 있다는 점을 명심하라. 이 안내서의 4부에서는 이야기의 중반에 정보를 엮어 넣는 몇 가지 요령을 배울 수 있다.

일상 세계 부분을 넣을 것인지 넣지 않을 것인지는 또한 쓰고 있는 책의 장르에 따라 달라진다. 속도감이 빠른 스릴러 소설이나 범죄 소설은 대부분 격변의 사건에서 이야기가 시작된다. 범죄를 저지르는 순간, 혹은 범죄가 발각되는 순간이다. 미스터리 소설에서 첫 페이지에 바로 시체가 발견되는 경우는 그리 드물지 않다. 반면 역사 소설이나 SF 소설, 판타지 소설에서는 이야기 세계를 소개하는 데 어느 정도 시간을 들일 것이다.

우리의 목표는 쓰고 있는 이야기에 맞는 최적의 균형점을 찾아내는 것이다. 격변의 사건을 지나치게 늦게 등장시켜 독자가 인내심을 잃게 만들지 말라. 하지만 독자가 이야기의 맥락을 파악하지 못해 혼란에 빠질 것 같다면 이야기가 시작하자마자 격변의 사건을 등장시켜서도 안 된다.

| 주인공이 두 명인 경우 |

그렇다면 로맨스 소설에서처럼 이야기에 주인공이 두 명 등장하는 경우에는 어떻게 해야 하는가? 주인공마다 일상 세계 부분과 격변의 사건을 각각 하나씩 부여해야 하는가?

우선 주인공이 두 명이라 하더라도 대개의 경우 두 명이 똑같이 중요한 역할을 하지는 않을 것이다. 아마도 둘 중에 한 명의 시점에 좀 더 오랜 시간을 보내게 될 것이다. 이야기가 전개됨에 따라 더 많이 변화하고 더 뿌리 깊은 두려움과 결점을 극복해야 하는 인물이다. 그가 바로 주인공이다. 그렇다면 이야기의 첫 장면은 그 인물의 시점으로 시작하는 것이 좋으며, 일상 세계 부분이 있다면 그 인물의 일상 세계를 보여주는 것이 좋다. 그리고 필요하다면, 책의 나중에 가서 다른 주인공의 일상에 대한 세부 사항을 채워 넣을 수 있다.

만일 두 주인공이 동등하게 중요하다면 독자에게 두 주인공의 일상 세계 모습을 모두 들여다보게 만들 수도 있다. 첫 장면(혹은 1장 전체)에서 주인공 1이 자신의 일상을 영위하는 모습을 보여주고 두 번째 장면(혹은 2장)에서 주인공 2와 그의 일상 세계를 소개하는 것이다. 세 번째 장면(혹은 3장)은 두 사람이 처음으로 만나는 장면이 될 것이다. 이 방식을 사용한다면 일상 세계 부분을 짧게 줄여 격변의 사건이 지나치게 지연되지 않도록 유의하라.

하지만 견고한 서브플롯이 존재하고 그 서브플롯 자체에 격변의 사건이 필요한 경우를 제외하면 대부분의 이야기에는 오직 '단 하나의' 격변의 사건만이 존재한다. 이 사건은 대개 두 주인공의 길이 충돌하는 순간이거나, 두 사람의 첫 만남을 유발하는 사건이다. 여러 개의 일상 세계와 하나의 격변의 사건이 어떻게 함께 묶이는지 보여주기 위해 내 작품에서 두 가지 예를 들어 설명하겠다.

내가 쓴 로맨스 소설 『결혼할 부류는 아니야』의 첫 장면에서는 두 주인공 중 한 명인 사샤가 자신이 운영하는 빵집에서 일하는 모습을 보여준다. 다음 장면에서는 두 번째 주인공인 애슐리가 자신이 운영하는 꽃집에서 일하는 모습을 보여준다. 격변의 사건은 1장 마지막에서 두 사람이 결혼식 준비를 함께하게 되었다는 사실을 알게 되는 순간 발생한다. 여기에서 서두의 구조는 다음과 같다.

| 일상 세계 1 | ▶ | 일상 세계 2 | ▶ | 격변의 사건 |

내가 쓴 또 다른 로맨스 소설 『룸메이트 협정Roommate Arrangement』은 스테프의 일상 세계 장면으로 시작한다. 스테프는 코미디언으로 LA의 코미디 클럽 근처에 있는 아파트를 구하고 있다. 좋은 위치에 입주자를 구하는 아파트가 있다는 소식을 듣지만 여

기에는 조건이 따라붙는다. 집 주인은 오직 연인이나 부부에게만 집을 빌려준다는 것이다. 이것이 바로 격변의 사건이다. 이 사건으로 인해 스테프는 자신과 가짜 연인 행세를 해줄 룸메이트를 찾아 나선다. 그 결과 스테프는 LA 코미디 클럽의 문지기로 일하고 있으며 역시 아파트를 구하고 있는 래를 만나게 된다. 그리고 스테프가 처음 래를 만나는 장면에서 독자는 래의 일상 세계를 조금 들여다보게 된다. 그러므로 이 소설의 서두 구조는 다음과 같다.

| 일상 세계 1 | ▶ | 격변의 사건 | ▶ | 일상 세계 2 |

연습 #11

지금 쓰고 있는 장르에서 가장 좋아하는 소설 세 편을 살펴보자. 각각의 작품에서 격변의 사건이 무엇인지 짚어낼 수 있는가? 소설이 격변의 사건에서부터 시작되는가, 아니면 일상 세계 부분이 있는가? 이 세 작품이 격변의 사건을 배치하고 집필한 방식에서 무엇을 배울 수 있는가?

연습 #12

- 이제 자신이 쓰고 있는 이야기를 살펴보자. 격변의 사건은 무엇인가? 격변의 사건이 갖추어야 하는 필수 요소를 충족하는가? 그렇지 않다면 격변의 사건을 어떻게 고쳐 쓸 수 있는가? 격변의 사건이 어느 지점에 등장하는가? 지나치게 늦게 등장하지는 않는가? 그렇다면 이전의 내용이 무엇이든 간에 독자가 격변의 사건이 일으키는 충격을 이해할 수 있을 만큼만 남기고 최소한으로 줄여라. 격변의 사건이 주인공의 인생을 영원히 바꿀 만큼 충분히 강력한가?

- 아직 이야기를 구상하고 있는 단계라면 생각해보자. 주인공의 일상 세계를 조금이라도 독자에게 보여줄 필요가 있는가? 혹은 격변의 사건에서 바로 책을 시작할 작정인가? 격변의 사건은 어떤 사건이 될 것인가? 그 격변의 사건은 이 장에서 언급된 모든 조건을 만족하는가? 그렇지 않다면 모든 필수 요소를 만족시키도록 어떻게 격변의 사건을 고칠 수 있는가? 혹은 아예 다른 격변의 사건을 선택하는 편이 나을 것인가?

6장
플롯 지점 3-소명의 거부

주인공은 격변의 사건에 어떻게 반응하는가

플롯 지점 2에서 주인공은 그들의 인생에 큰 변화를 일으키는 '모험에의 소명'을 받았다. 하지만 사람들은 습관의 동물이며 변화를 좋아하지 않는다. 그렇기 때문에 대부분의 경우 주인공은 행동을 촉구하는 부름에 응하지 않고 자신의 일상 세계에서 벗어나지 않으려 노력한다. 예를 들어 〈스타워즈 에피소드 4: 새로운 희망〉에서 루크 스카이워커는 처음에는 오비완을 따라 반란 연합에 가담하기를 거부한다. 크리스토퍼 보글러는 『신화, 영웅, 그리고 시나리오 쓰기』에서 이러한 플롯 지점을 '소명의 거부'라고 부른다.

우리는 대부분 변화를 두려워하며, 특히 우리의 두려움과 약점을 직면해야 하는 종류의 변화를 피하고 싶어 한다. 격변의 사건은 바로 그런 종류의 변화를 일으키기 때문에 주인공은 격변의 사건 안에 존재하는 기회를 붙잡는 대신 격변의 사건이 지닌 의미를 무시하고 그 사건이 일어나기 전의 방식대로 삶을 살아가려고 노력한다. 여기에서 주인공은 문제가 있다는 것 자체를 부인하거나, 그 문제는 자신이 나서서 해결할 문제가 아니라고 주장할지도 모른다. 두려움과 직면하는 선택지를 애써 회피하면서 전혀 효과가 없는 다른 방법으로 문제를 해결하려고 노력할 수도 있다.

주인공이 소명을 거부하는 모습을 통해 독자는 주인공을 한층 현실적이고 인간답게 느낀다. 독자는 힘든 도전에 직면하여 두려움과 불안과 자기 회의에 괴로워하는 인물에게 공감하며, 두려움을 극복하고 도전을 감행하는 주인공을 응원하게 된다.

| 소명의 거부가 갖추어야 할 필수 요소 |

제 역할을 해내기 위해 소명의 거부는 몇 가지 필수 요소를 만족시킬 필요가 있다.

- **격변의 사건에 대한 주인공의 감정적인 반응을 보여주어야 한다.** 격변의 사건이 무엇이든 간에 이 사건은 주인공에게 중대한 의미를 지녀야만 한다. 주인공이 겉으로는 이 사건을 무

시하려는 듯 보일지도 모르지만 마음 깊은 곳에서는 이 사건에 어떤 반응을 보여야만 한다. 예를 들어 내 소설 『피해 대책 Damage Control』에서 주인공인 그레이스는 오랫동안 일을 함께해 온 홍보 담당을 어머니가 해고하고 최근 불거진 홍보 재난 사건을 해결하기 위해 새로운 홍보 담당을 고용했다는 사실을 알게 되자 화를 낸다.

• **독자에게 주인공이 자신의 두려움 혹은 결점 때문에 변화를 꺼려한다는 사실을 보여주어야 한다.** 이야기가 진행됨에 따라 주인공은 그 두려움과 결점을 극복해야만 할 것이다. "가질 만한 가치가 있는 것들은 손쉽게 얻어지지 않는다"라는 격언을 들어본 적이 있을 것이다. 바로 이것이 주인공이 이야기에서 경험해야만 하는 일이다. 플롯이 진행되면서 주인공은 살면서 경험했던 일 중에 물리적으로든, 감정적으로든 가장 힘겹고 두려운 일에 직면해야 한다. 그 결과 주인공은 과업에 도전하길 주저할 수밖에 없다. 소설의 초반부터 주인공이 이 과업을 수행할 만한 역량이 충분하다면 이야기의 긴장감이 사라지고 인물 성장을 위한 공간이 남아 있지 않게 된다. 격변의 사건에서 제시되는 과업을 주인공이 이루기 어렵고 심지어 두려워하는 일로 만들라. 그렇다고 해서 주인공이 에베레스트산을 오르거나 위험한 살인자를 붙잡아야 한다는 뜻은 아니다. 격변의 사건이 제시하는 목표는 다른 이들에게는 손쉬워 보이는 일일지

도 모르지만 다만 주인공이 지닌 과거사 때문에 주인공에게는 어렵게 느껴지는 일이어야 한다.

- **주인공의 성격에 대해 좀 더 많은 것을 드러내야만 한다.** 주인공은 문제가 닥치면 어떻게 대처하는가? 문제를 무시하는가? 다른 사람을 시켜 그 문제에 대응하게 만드는가? 소용없을 것이 뻔한 해결책을 시도하는가? 압박감을 느낄 때 당황하여 허둥대는가, 침착함을 유지하는가?

| 토론 vs 거부 |

그렇다면 주인공은 행동을 촉구하는 부름을 반드시 거부해야만 하는가? 나는 그렇게 생각하지 않는다. 어떤 종류의 이야기에서는 주인공이 소명을 받아들이지 못하고 주저한다는 것이 이치에 맞지 않기도 하다. 이를테면 경찰인 주인공은 가족이 인질로 잡힌 상황에서 악당과 대결하기를 주저하지 않을 것이다.

이런 종류의 책에서 소명의 거부는 블레이크 스나이더가 자신의 시나리오 작법서 『SAVE THE CAT!: 흥행하는 영화 시나리오의 8가지 법칙』에서 이름 붙인 것처럼 '토론'에 더 가깝다.

주인공이 자기 회의에 빠질 수도 있고 자신에게 그 과업을 수행할 능력이 있는지 의심할 수도 있다. 하지만 그가 행동에 나선다는 사실에는 의문의 여지가 전혀 없다. 이런 경우 토론 지점은 주인공이 격변의 사건에 어떻게 반응해야 할지 모르는 시기, 혹은 현실적인 계획 없이 감정적으로만 반응하는 시기가 될 수도 있다. 예를 들어 〈니모를 찾아서〉에서 스쿠버 다이버들이 아들인 니모를 데려갈 때 말린은 그 즉시 배의 뒤를 쫓는다. 하지만 더 이상 쫓아가지 못하게 되었을 때 말린은 어떻게 해야 니모를 찾을 수 있을지 알 수가 없다. 외해를 헤엄쳐 건너 니모를 찾으러 간다는 목표가 세워지는 것은 말린이 도리를 만나고 니모가 시드니에 있다는 단서인 다이버의 마스크를 찾아낸 후의 일이다.

어떤 책에서 토론은 실로 토론이라고 표현할 수 없다. 다음에 취해야 할 행동이 명백하기 때문이다. 예를 들어 수잔 콜린스의 『헝거 게임』에서 캣니스는 여동생 대신 조공인으로 자원하기를 주저하지 않는다. 캣니스에게는 헝거 게임에 참여해 싸우기 위해 수도로 가는 기차를 타는 것 말고는 다른 선택의 여지가 없다. 그러므로 『헝거 게임』에서 토론은 캣니스의 내면에서 벌어지는 토론, 과연 헝거 게임에서 살아남을 수 있을지, 자신에게 다른 사람의 목숨을 빼앗을 용기가 있는지에 대한 고민에 가깝다. 하지만 여기에서는 소명의 거부 플롯 지점이 수행해야 하는 세 가지 필수 요소를 모두 충족한다. 우리는 캣니스의 감정적인 반응을 목격하며, 그의 두려움과 자기 회의에 대해 배우게 되고, 그의 성격을 좀 더 잘 알게 된다. 예를 들어 캣니스는 다른 조공인으로 뽑힌 인물인 피타와는 다르게 눈물을 흘리지 않는다.

| 소명의 거부 지점의 길이 |

어떤 책을 쓰는지에 따라 달라지겠지만 소명의 거부는 단지 몇 문장만으로 표현하는 짧은 망설임의 순간일 수도 있으며, 혹은 몇 장면 동안 주인공이 문제를 무시하려고 애쓰며 몇 가지 의구심을 풀어내는, 좀 더 긴 시간에 걸친 과정일 수도 있다. 소명의 거부가 얼마나 길어지는지는 주인공의 성격과 그들이 처한 상황, 그리고 격변의 사건이 촉발시킨 목표를 떠맡는 일이 주인공에게 얼마나 어려운 일인지에 따라 달라진다.

| 로맨스 소설에서의 소명의 거부 |

플롯 중심의 소설인 모험 소설이나 판타지 소설에서는 대부분 소명의 거부 지점을 짚어내는 일이 한층 손쉬운 반면 로맨스 소설 작가들은 이따금 자신의 원고에서 이 플롯 지점을 짚어내는 데 어려움을 겪는다.

기본적으로 로맨스 소설에서 주인공이 거부하는 대상은 사랑이다. 대개 첫 만남으로 촉발되는 격변의 사건에서 두 주인공은 서로에게 이끌린다. 상대의 어떤 점이 주인공들의 관심을 사로잡는 것이다. 하지만 대부분의 경우 이는 원치 않는 이끌림이다. 주인공들이 반드시 서로를 싫어하거나 질색할 필요는 없지만 두 사람 모두 사랑에 빠지는 일 자체에, 혹은 상대와 사랑에 빠지는 일에 관심이 없다.

　다른 장르의 책에서와 마찬가지로 로맨스 소설에서도 거부의 이유는 인물이 지닌 두려움 혹은 약점과 관련되어야 한다. 예를 들어 내가 쓴 로맨스 소설 『그저 보여주는 관계』에서 완벽주의자인 주인공 클레어는 문신투성이에 생활에 질서가 없고 무직 상태인 배우 라나와 사랑에 빠지고 싶어 하지 않는다.

연습 #13

'연습 #11'에서 분석했던 세 편의 소설을 다시 한번 살펴보자. 격변의 사건에 인물들은 어떻게 반응하는가? 소명의 거부가 어디에서 일어나는지 짚어낼 수 있는가? 소명의 거부는 얼마나 긴 분량으로 다루어지는가? 이 작품들이 소명의 거부를 다루는 방식에서 무엇을 배울 수 있는가?

연습 #14

- 이제 자신이 쓰고 있는 원고를 살펴보자. 이야기 안에서 소명의 거부가 일어나는 지점을 짚어낼 수 있는가? 그 부분이 얼마나 긴 분량으로 다루어지는가? '연습 #13'에서 분석한 작품들과 비교하여 어떤 차이가 있는가? 지나치게 길게 늘어지지는 않는가? 혹은 주인공의 감정적 반응을 좀 더 깊이 파고들어가 그들의 두려움과 약점을 더 많이 보여줄 필요가 있는가?

- 아직 이야기를 구상하고 있는 단계라면 주인공이 격변의 사건에 어떻게 반응하게 될지 생각해보자. 주인공은 어떤 종류의 감정을 느끼게 될 것인가? 그 감정을 독자에게 어떻게 '보여줄' 생각인가? 주인공은 소명에의 부름에 따르기를 거부할 것인가? 그 거부는 얼마나 오래 지속될 것인가?

7장
플롯 지점 4 - 되돌아갈 수 없는 지점

어떻게 인물을 2막으로 밀어 넣는가

격변의 사건은 주인공의 세계를 뒤흔들고 변화를 일으키는 사건이다. 하지만 주인공은 대부분 이 사건이 불러일으킨 소명에의 부름에 따르기를 거부한다. '되돌아갈 수 없는 지점'이라고 불리는 플롯 지점에서 주인공은 저항을 그만두고 소명에의 부름을 받아들인다. 크리스토퍼 보글러는 이 플롯 지점을 '첫 관문의 통과'라고 표현하고 블레이크 스나이더는 이 지점을 '2막 진입'이라고 부른다. 여기에서 1막이 끝나고 인물이 이야기의 2막으로 진입하기 때문이다.

이 플롯 지점은 또한 '첫 번째 전환점'이라고 불리는데, 이곳에서 이야기가 새로운 방향으로 향해 나아가기 때문이다. 여기에서 주인공은 마침내 소명에의 부름을 받아들이고 격변의 사건에서 제시된 목표를 향해 노력하기로 결심한다.

어떤 책에서는 소명의 거부 지점과 되돌아갈 수 없는 지점 사이에 어떤 사건이 일어나 위험 부담을 높이며, 주인공은 그 사건으로 인해 더 이상 문제를 무시하지 않고 행동을 취하기로 결심한다. 또 어떤 책에서는 주인공을 응원하는 친구들이 주인공을 설득하기도 하고, 혹은 주인공 스스로 자기 회의를 극복한 후 새로운 모험에 나서기로 마음먹기도 한다.

주인공을 새로운 목표에 전념하도록 만드는 요소가 무엇이든 간에 이는 돌이킬 수 없는 일이어야 한다. 이 지점에서부터는 되돌아갈 수 있는 방도는 없다. 이야기에는 되돌아갈 수 없는 지점이 필요한데, 책의 중반부에 이르면 주인공이 자신의 안전지대에서 한참 벗어나 힘겨운 일들과 마주해야 하기 때문이다. 어떤 장애물이나 주인공을 두렵게 만드는 무언가를 만났을 때, 주인공이 "이제 상관없어"라고 중얼거리며 도망쳐버리지 못하게 하는 무언가가 반드시 있어야만 한다. 되돌아갈 수 없는 지점이 없다면 독자는 주인공이 그 상황에 머무는 것을 비현실적이라고 생각할 것이다. 혹은 그 고난이 주인공에게 충분히 힘겨운 일이 아니라고 의심하게 될 것이다. 반드시 그래야 하는 이유도 없는데 인물이 그 상황에 그대로 머무르려 한다면, 그게 힘겨워봤자 얼마나 힘겹단 말인가? 그러므로 되돌아갈 수 없는 지점을 지나고 난 다음에는 주인공이 어떤 중대한 대가를 치르지 않고는 목표를 포기하지 못하게 만들라.

| 되돌아갈 수 없는 지점의 예 |

• 수잔 콜린스의 『헝거 게임』: 캣니스는 여동생이 헝거 게임에서
  싸우지 않게 하려고 여동생 대신 조공인으로 자원한다.

• 〈스타워즈 에피소드 4: 새로운 희망〉: 루크는 숙부와 숙모가 스
  톰트루퍼에 의해 살해당했다는 사실을 알게 된다. 그 결과 오
  비완 케노비와 동행하여 포스의 길에 대해 배우고 반란 연합에
  합류하기로 결심한다.

• J. K. 롤링의 『해리 포터와 마법사의 돌』: 해리는 호그와트 마
  법 학교로 향하는 기차를 탄다.

• 〈니모를 찾아서〉: 말린은 외해에 대한 두려움에도 불구하고 아
  들인 니모를 찾으러 가기로 결심한다.

• 〈투씨〉: 마이클은 도로시 마이클로 변장하여 오디션을 보고 역할
  을 따낸다.

• 나의 또 다른 자아인 재가 쓴 소설 『오리건으로 돌아가는 길
  Backwards to Oregon』: 노라는 전혀 알지 못하는 낯선 사람과 결혼하
  여 오리건으로 향하는 마차 행렬에 합류하기로 결심한다.

| 되돌아갈 수 없는 지점과 장르 |

격변의 사건과 마찬가지로 되돌아갈 수 없는 지점 또한 책의
장르에 영향을 받을 때가 많다.

- **로맨스 소설**에서는 두 주인공이 이야기 내내 서로 교류해야만
  하는 이유, 무슨 일이 벌어지든 서로의 곁을 떠나지 못하는 이
  유를 궁리할 필요가 있다. 이런 이유 때문에 되돌아갈 수 없는
  지점은 또한 '속박' 혹은 '도가니'라고도 불린다. 이 용어는 두
  주인공 사이의 갈등이 점점 심해지며 각 인물의 온갖 두려움이
  촉발되더라도 두 사람이 어쩔 수 없이 서로 붙어 있어야 하는
  상황을 가리킨다. 로맨스 소설에서 도가니는 종종 관습적 장치
  의 형태로 나타난다. 예를 들어 내가 쓴 소설『그저 보여주는 관
  계』는 가짜 관계 로맨스 소설로 두 주인공이 함께 있도록 만드
  는 것은 가짜 관계이다. 회사 로맨스 소설이라면 두 주인공은 함
  께 일을 해야 하기 때문에 마음대로 관계에서 벗어날 수 없다.
- **미스터리 소설**에서 첫 번째 전환점은 주인공이 사건 의뢰를
  수락하고 범죄 사건을 해결하기 위해 나서는 순간이다. 예를
  들어 린다 반즈Linda Barnes가 쓴『바보들의 문제A Trouble of Fools』
  에서 1장은 사립 탐정 캘로타 칼라일이 고객의 실종된 남동생
  을 찾는 의뢰를 받아들이며 끝난다.
- **판타지 소설**에서 첫 번째 전환점은 대개 주인공이 모험을 떠나

기로 결심하는 순간이다. 판타지 소설에서 모험은 실제로 여행 길에 오르는 모험을 의미할 때가 많기 때문에 2막은 1막과는 다른 곳을 배경으로 이야기가 펼쳐지기도 한다.

| 되돌아가지 못하는 지점이 갖추어야 할 필수 요소 |

제 역할을 해내기 위해 되돌아가지 못하는 지점은 몇 가지 필수 요소를 만족시킬 필요가 있다.

- **실제로 되돌아가지 못하는 지점이 되어야만 한다.** 첫 번째 전환점을 지난 후에는 주인공이 그저 도망쳐 나와 자신의 일상 세계로 돌아갈 수 없어야 한다. 주인공이 내리는 결정은 되돌아갈 다리를 전부 불태우는 것이어야 한다.
- **목표에 대한 주인공의 헌신을 보여주어야 한다.** 이전에는 주저했을지 모르지만 이제 주인공은 이야기의 목표에 완전히 헌신해야 할 필요가 있다. 그 목표를 달성해야 하는 강렬한 동기를 주인공에게 부여하라. 주인공에게 개인적으로 소중한 무언가가 위험에 처해야 한다. 그렇지 않으면 책의 긴장감이 떨어진다. 주인공이 자신의 성패에 개의치 않는다면 독자 또한 개의치 않을 것이다. 예를 들어 『그저 보여주는 관계』에서 첫 번째 전환점은 두 주인공이 가짜 연인 행세를 한다는 계약서에

서명하는 순간이다. 주인공인 클레어는 관계에 관한 자기 계발서를 출간하기 위해 출판사 편집자에게 자신이 행복한 관계를 유지하고 있다는 거짓말을 하기로 결심한다.

- **뒤에 따라오는 사건들을 촉발시키는 결정이어야만 한다.** 이 결정이 없이는 이야기의 나머지 부분도 존재하지 않을 것이다.
- **격변의 사건과 관련이 있어야 한다.** 인물이 내리는 결정은 격변의 사건이 불러일으킨 결과여야 한다. 그 결정이 격변의 사건과 전혀 관련이 없다면 그 이야기는 플롯이 없는, 그저 서로 상관없는 에피소드를 나열한 것에 불과할 것이다.
- **대부분의 경우 이는 선택이어야만 한다.** 이야기 목표에 전념하겠다는 것은 주인공의 선택이어야 한다. 하지만 여기에는 예외가 있다. 어떤 책에서는 주인공이 상황이나 환경에 꼼짝없이 매여 달리 선택의 여지가 없을 수도 있다. 이를테면 납치당하거나 섬에 좌초되는 경우다. 하지만 대부분의 경우 수동적인 주인공보다 능동적인 주인공이 바람직하며 이는 곧 주인공이 스스로 선택하고 그 선택을 행동으로 옮겨야 한다는 뜻이다.
- **결정의 순간은 책장 위에서 벌어져야 한다.** 독자는 주인공이 결정을 내리는 모습을 목격해야 하며 그 선택의 이유를 이해해야 한다. 그 결정의 순간이 화면 밖에서 벌어져서는 안 된다.
- **독자의 마음속에 이야기의 중심이 되는 의문을 불러일으켜야 한다.** 이야기의 중심이 되는 의문이란 주인공이 과연 그 목표

를 달성할 수 있을 것인가라는 의문이다. 형사가 사건을 해결할 수 있을 것인가? 서로 이끌리는 남녀가 해피엔딩을 맞을 수 있을 것인가? 주인공이 악당의 손에서 세계를 구할 수 있을 것인가? 『반지의 제왕』에서 프로도는 반지를 파괴하고 중간계를 구해낼 수 있을 것인가? 〈투씨〉에서 마이클은 여장을 한 채 배우로서 큰 성공을 거둘 수 있을 것인가? 이야기의 중심이 되는 의문은 그에 대한 답이 주어지는 절정 장면에 이르기까지 독자가 계속 책을 읽어나가는 이유로 작용한다. 일단 이야기의 중심 의문이 제시되고 나면 서두는 끝이 나고 이야기는 2막으로 들어선다.

- **이야기가 4분의 1 지점에 이르기 전에 발생해야 한다.** 그보다 늦게 발생한다면 서두가 늘어진다는 뜻이다. 첫 번째 전환점은 독자가 이 소설이 무엇에 대한 이야기인지 제대로 알게 되는 지점이다. 독자를 이 지점까지 데려오는 일을 지나치게 지체해서는 안 된다. 오늘날 대부분의 소설에서 첫 번째 전환점은 이야기가 15퍼센트에서 25퍼센트 정도 진행된 지점에서 발생한다. 이는 대개 3장의 마지막에 해당한다.

| 되돌아갈 수 없는 지점이 들어가야 할 위치 |

방금 설명했듯 첫 번째 전환점이 책에서 지나치게 늦게 등장하면 안 된다. 이 전환점이 나오지 않는다면 본격적인 이야기가 시작되길 기다리는 독자의 인내심이 바닥나버릴 것이기 때문이다. 하지만 격변의 사건 후 되돌아갈 수 없는 지점이 얼마나 빨리 등장해야 하는지는 책에 따라 달라진다.

어떤 소설에서는 격변의 사건과 첫 번째 전환점이 같은 장면에서 발생하며 서로 가깝게 붙어 있기 때문에 기본적으로 같은 사건으로 여겨진다. 이는 주인공이 당장 어떤 행동을 취할 수밖에 없는 상황에 억지로 밀어 넣어지는 경우에 발생한다. 예를 들어 악당이 자녀를 납치하는 경우 주인공은 토론 부분이 아주 짧거나 아예 없이, 곧바로 자녀를 구하기 위해 행동에 나설 것이다.

어떤 소설에서는 격변의 사건과 되돌아갈 수 없는 지점 사이에 몇 장면이 더 들어가기도 한다. 추가적으로 다른 사건들이 발생하여 상황이 한층 악화되고 위험 부담이 높아지면서 주인공이 더 이상 문제를 모른 체 할 수 없게 된다.

연습 #15

앞 장의 연습 과제에서 분석했던 소설 세 편을 다시 한번 살펴보자. 이 작품들에서 되돌아올 수 없는 지점이 어디인지 짚어낼 수 있는가? 그 지점은 이야기의 어느 곳에 등장하는가? 격변의 사건과 같은 장면에서 등장하는가? 혹은 그 사이에 주인공이 결국 모험에의 소명을 받아들일 수밖에 없도록 등 떠미는 다른 사건이 발생하는가? 주인공이 자신의 목표에 헌신할 것이라는 사실을 분명하게 보여주기 위해 어떤 방식을 사용하는가? 세 작품이 첫 번째 전환점을 다루는 방식에서 무엇을 배울 수 있는가?

연습 #16

• 이제 자신이 쓰고 있는 원고를 살펴보자. 되돌아올 수 없는 지점을 짚어낼 수 있는가? 이 지점은 앞서 분석한 세 작품의 첫 번째 전환점과 어떻게 비교되는가? 다른 작품을 분석하며 배운 것들을 통해 자신의 첫 번째 전환점을 어떻게 개선할 수 있는가?

• 아직 이야기를 구상하고 있는 단계라면 어떻게 주인공을 이야기 안에 가둘 것인지, 어떻게 돌아갈 길을 끊어버릴 수 있는지 생각해보자. 주인공이 이런 종류의 결심을 내리기 위해서는 무엇이 필요한가? 결심을 하는 과정을 어떻게 보여줄 수 있는가?

연습 #17

이 장에서 설명한 필수 요소들을 목록으로 만들자. 지금 쓰고 있는 원고의 첫 번째 전환점이 이 모든 조건을 만족하는가? 예를 들어 인물의 목표가 무엇인지, 인물이 그 목표에 헌신한다는 사실이 분명하게 드러나는가? 주인공이 큰 대가를 치르지 않고는 되돌아갈 수 없다는 사실이 분명하게 드러나는가? 되돌아갈 수 없는 지점이 이야기가 4분의 1 분량을 넘기기 전에 발생하는가? 혹은 돌이킬 수 없는 지점을 좀 더 빨리 등장시키기 위해 서두를 좀 더 단단히 조여 쓸 필요가 있는가?

3부

뛰어난 서두를 쓰기 위해
해야 하는 일

2부에서 서두가 갖추어야 할 여러 요소와 플롯 지점에 대해 잘 이해했기를 바란다. 어쩌면 소설을 시작하는 최적의 지점을 찾았을지도 모르겠다. 격변의 사건에서 이야기를 시작했을 수도 있고 혹은 조금 과거로 시간을 돌려 일상 세계 장면을 짧게 보여주었을 수도 있다.

이제 3부에서 우리는 '어디에서'를 기반으로 삼아 '어떻게' 쓸 것인지 그 방법에 대해 좀 더 자세하게 살펴볼 것이다. 나는 모든 이야기가 서두에서 반드시 달성해야 하는 임무들에 대해 알려주고 각각의 임무를 어떻게 수행하는지 설명하려고 한다. 또한 마음을 사로잡는 첫 문장을 쓰는 법, 첫 페이지에서 바로 독자의 마음을 사로잡는 법에 대해서도 함께 살펴보도록 하자.

8장
서두에서 완수해야 하는 열 가지 임무

독자의 마음을 사로잡는 서두를 쓰는 법

이야기의 서두에서는 여러 가지 임무를 달성해야 한다. 이 모든 과업을 반드시 첫 문장 혹은 첫 페이지에서 해치워야 하는 것은 아니지만 적어도 첫 장면 안에서, 가능하다면 빠른 시기에 완수해야만 한다.

| 독자의 질문에 응답하기 |

이야기를 여는 첫 장면에서는 독자가 새로운 책을 읽기 시작할 때 떠올리는 질문에 답을 해주어야 한다. 그래야만 독자가 이야기 안에 안정적으로 자리를 잡고 그 여정을 마음 편히 즐길 수 있다. 독자가 어떤 책을 읽기 시작할 때 전형적으로 던지는 질문들은 다음과 같다.

- **이 이야기는 어떤 종류의 이야기인가?** SF 소설인가, 현대 로맨스 소설인가, 코지 미스터리 소설인가? 가벼운 마음으로 읽을 수 있는 책인가, 감정의 폭이 큰 책인가?
- **이 이야기는 누구의 이야기인가?** 독자가 응원해야 하는 인물은 누구인가?
- **이야기를 하는 주체는 누구인가?** 화자는 누구인가? 독자는 누구의 시점에서 이야기를 읽는가?
- **독자가 왜 주인공에게 마음을 써야만 하는가?** 주인공과 그가 처한 상황의 어떤 점에 독자가 자신을 동일시하고 공감할 수 있는가?
- **이야기가 언제, 어디에서 벌어지는가?** 현대의 뉴욕을 배경으로 하는가, 혹은 1945년의 파리를 배경으로 하는가, 300년 뒤 미래의 어느 머나먼 행성을 배경으로 하는가?
- **이 이야기는 무엇에 대한 이야기인가?** 이야기의 주제는 무엇인가? 이야기에서 주인공이 달성하려는 목표는 무엇인가? 이야기의 중심 갈등, 즉 주인공이 목표를 달성하는 데 방해가 되는 장애물은 무엇인가? 주인공의 인물 궤적, 즉 인물이 마지막 순간에 자신의 두려움을 극복하고 목표를 달성하기 위해 거쳐야 하는 내면의 여정은 무엇인가?

- **왜 이 책을 계속 읽어야 하는가?** 서두에서 무언가 흥미로운 사건이 발생하는가? 혹은 이제 곧 흥미로운 사건이 일어날 것을 약속하고 있는가? 예를 들면 미스터리 소설의 독자가 풀어야 할 수수께끼가 등장하고, 로맨스 소설에서 인물들의 재기 발랄한 첫 만남이 등장하는가? 서두에서 독자의 궁금증을 자극하는 의문들이 제기되는가?

| 모든 서두에서 완수해야 하는 열 가지 임무 |

독자가 책을 읽기 시작할 때 던지는 질문에서 소설의 서두라면 응당 달성해야 하는 열 가지 필수 임무가 도출된다. 여기에서는 이 임무들을 간략하게 정리하여 소개한다. 목록으로 만들어 자신이 쓰는 서두가 이 임무를 모두 완수하고 있는지, 독자가 던지는 모든 질문에 제대로 답을 하고 있는지 확인해볼 수 있다. 서두는 다음과 같은 임무를 수행해야 한다.

- 독자의 마음을 낚고 관심을 붙잡아둔다.
- 주인공을 소개한다.
- 행동으로 시작한다.
- 책의 어조를 비롯하여 책에 대한 다른 기대치를 설정한다.
- 시간과 장소를 확립한다.

- 시점을 확립한다.
- 인물이 달성해야 하는 목표와 실패의 대가를 소개한다.
- 이야기의 갈등에 시동을 건다.
- 주인공의 인물 궤적을 준비한다.
- 이야기의 결말에 대한 전조를 마련한다.

다음에 이어지는 장들에서 각각의 임무를 하나씩 살펴보며 한층 자세하게 설명할 것이다. 지금 당장 이 임무를 어떻게 수행해야 하는지 완전히 이해하지 못한다 해도 걱정할 필요 없다. 이 책을 다 읽을 무렵에는 이해하게 될 것이라 자신한다.

연습 #18

앞 장의 연습 과제에서 분석한 세 편의 소설을 다시 한번 살펴보자. 각 작품의 첫 페이지를 읽은 다음 독자가 처음 책을 읽기 시작할 때 떠올리는 일곱 가지 질문에 답을 해보라. 첫 페이지만으로 답할 수 있는 질문은 몇 개인가? 첫 번째 장면만으로 답할 수 있는 질문은 몇 개인가? 1장을 다 읽은 다음에는 얼마나 많은 질문에 답할 수 있는가? 각 작품에서 이 모든 질문에 답을 하기까지 얼마나 걸리는가?

연습 #19

• 이제 지금 쓰고 있는 원고를 가지고 같은 작업을 해보자. 일곱 가지 질문에 전부 답하기까지 얼마나 걸리는가? 머릿속에 품은 생각이 아닌 실제로 글로 써놓은 원고만을 가지고 이 질문들에 대답할 수 있는지 확인하라. 좀 더 빨리 답을 제시해야 하는 질문이 있는가? 어떻게 하면 답을 빨리 제시할 수 있는가? 앞서 세 편의 작품을 분석하는 동안 무언가 좋은 생각이 떠올랐는가?

• 아직 이야기를 구상하고 있는 단계라면 일곱 가지 질문에 대한 각각의 답을 적어두라. 그리고 이야기 안에서 이 답들을 드러낼 방법에 대해 궁리하라.

9장
임무 1

독자의 마음을 낚는 법

우리는 앞에서 소설을 시작하는 즉시 독자를 비롯하여 출판 기획자와 편집자의 관심을 낚는 일이 얼마나 중요한지에 대해 이야기했다. 관심을 사로잡지 못한다면 그들은 흥미를 잃고 다른 책을 펼쳐들 것이다. 그런데 독자의 '마음을 낚는다'는 것은 정확히 무엇을 의미하는가? 그리고 어떻게 해야 이 임무를 수행할 수 있는가?

| 독자의 관심을 낚는 '낚시'란 무엇인가? |

독자의 관심을 끌고 책을 좀 더 읽어나가게 만드는 모든 것이 '낚시'가 될 수 있다. '낚시'에 걸린 독자는 지금 무슨 일이 벌어지고 있는지, 다음에 무슨 일이 벌어지게 될지 궁금한 마음에 계속해서 책을 읽어나가게 된다. 아래와 같은 것들이 '낚시'가 될 수 있다.

- 수수께끼 혹은 미스터리
- 위험하거나 신기한 상황
- 예기치 못한 사건
- 재치 넘치거나 호기심을 자아내는 대화
- 교묘한 반전
- 매력적인 묘사
- 흥미로운 인물
- 인물의 개성 있는 목소리
- 강렬한 감정
- 무언가 앞으로 위험하거나 흥미진진한 일이 일어날 것 같은 예감(전조)
- 어딘가 맞지 않는 듯한 위화감. 위화감을 느낀 독자는 잠시 독서를 멈추었다가 무슨 일인지 알아내기 위해 계속 책을 읽게 된다.

이 목록은 완전하지 않다. 나는 '낚시'로 작용할 만한 요소가 더 많이 있다고 확신한다. 기본적으로 독자에게 궁금증을 유발

하여 그 답을 알아내고 싶게 만드는 모든 것이 전부 '낚시'가 될
수 있다.

| 독자를 낚는 법 |

앞에서 언급한 요소들은 정확히 어떤 식으로 독자를 낚는가?
이미 눈치 챘을지도 모르지만 이 요소들에는 한 가지 공통점이
있다. 바로 독자의 마음속에 궁금증을 불러일으킨다는 점이다.

인간은 본질적으로 호기심의 동물이다. 우리 마음속에 일단
어떤 의문이 떠오르고 나면 우리는 그 의문에 대한 답을 알아내
고 싶어 하며 그렇기 때문에 계속해서 책을 읽게 된다. 이 점을
잘 보여주는 예로 앤디 위어가 쓴『마션』의 첫 문장을 살펴보자.

나는 완전히 망했다.

이 첫 문장은 우리에게 강렬한 목소리를 선보이는 한편 그 즉
시 우리 마음속에 의문을 불러일으킨다. 이 인물은 왜 망했는
가? 무슨 일이 있었는가? 무슨 일인지는 모르겠지만 그는 이 곤
경에서 빠져나갈 길을 찾아낼 것인가?

| 독자를 낚아야 하는 시기 |

그렇다면 책을 시작하고 얼마나 빨리 독자를 낚아야 하는가? 앞에서도 이야기했지만 현대의 독자는 집중 시간이 짧다. 독자의 관심을 사로잡는 시기는 빠르면 빠를수록 좋다. 첫 문단에서 관심을 사로잡지 못한다면 독자는 책을 내려놓고 다시는 펼쳐 보지 않을 것이다.

그러므로 독자의 마음을 낚을 최적의 장소는 바로 첫 문장이다. 책을 여는 첫 문장을 통해 독자의 마음속에 흥미로운 의문을 불러일으킨다면 독자를 낚을 수 있다.

하지만 어떤 책의 첫 번째 문장은 두 번째 문장에서 등장하는 낚시에 대한 준비 단계가 되기도 한다. 이를 보여주는 예로 앨리스 세볼드가 쓴 『러블리 본즈』의 서두를 살펴보자.

내 성은 물고기 종류와 똑같은 새먼이었고, 이름은 수지다. 1973년 12월 6일 살해당했을 당시 나는 열네 살이었다.

첫 번째 문장은 흥미로운 목소리를 선보이지만 어떤 의문도 제기하지 않는다. 하지만 두 번째 문장은 확실히 궁금증을 자극한다! 누가 수지를 살해했는가? 그 이유는 무엇인가? 어떻게 이미 죽은 소녀가 우리에게 이야기를 들려줄 수 있는가?

반드시 첫 문장에 낚시를 넣어야만 하는 것은 아니다. 다만 가능한 한 빠른 시기에 독자의 관심을 낚는 낚시를 넣도록 유의하라. 그리고 첫 문단에는 반드시 낚시를 포함시킬 것을 권한다.

| 서두에 등장하는 낚시가 갖추어야 할 필수 요소 |

독자의 관심을 효과적으로 사로잡기 위해 낚시는 다음과 같은 역할을 수행해야 한다.

- 독자가 이야기와 관련된 **구체적인 의문을 적어도 한 가지 이상 떠올리게 만든다.**
- **호기심을 자극하되 혼란을 일으키지 않는다.** "이게 무슨 소리야?", "누가 말하는 거야?", "이 장면이 도대체 어디에서 일어나는 거야?" 같은 혼란을 일으켜서는 안 된다. 독자가 떠올리는 의문은 내용을 알아듣지 못한다는 신호가 아니라, 독자의 호기심을 반영하는 것이어야 한다.
- **장르에 따라 달라져야 한다.** 특정 장르의 독자는 그 장르에 고유한 요소가 낚시로 등장하길 기대한다. 낚시가 대상 독자층에 맞아 떨어지도록 유의하라. 예를 들어 미스터리 소설의 독자라면 엘리자베스 조지Elizabeth George가 쓴 『그가 그녀를 쏘기 전에 무슨 일이 있었는가?What Came Before He Shot Her』의 첫 문장 같은 서두에 낚일 것이다.

당시에 열한 살이었던 조엘 캠벨은 버스를 타고 살인에 이르는 내리막의 여정을 시작했다.

하지만 로맨스 소설이나 판타지 소설의 독자라면 이런 첫 문장을 기대하지 않을 것이다.

- **이야기의 나머지 부분과 부합한다.** 첫 문장은 이야기 전체의 어조를 설정한다. 단지 독자의 관심을 끌기 위해 소름 끼치는 살인이나 위험한 예감, 극적인 상황으로 책을 시작한 다음 이야기의 나머지 부분에서 로맨틱 코미디로 전환한다면 독자는 속았다는 기분을 느낄 것이다.
- **탄탄하게 조여 쓴다.** 대개의 경우 첫 문장과 두 번째 문장이 지나치게 길어서는 안 된다. 첫 문단은 간결하고 분명하며 상대적으로 단순한 편이 가장 효과적이다. 첫 문단을 탄탄하게 다듬어 쓰라. 첫 문단의 모든 단어를 두고 반드시 필요한지, 이야기를 어떤 식으로든 앞으로 이끌고 있는지 거듭 확인하라.

| 안 좋은 첫 문장의 예 |

재미라고는 없는 첫 문장의 예를 몇 가지 살펴보자.

예시 티나는 택시 운전사에게 돈을 지불하고 택시에서 내렸다.

떠오르는 의문이라고는 전혀 없다. 감정도 없고 흥미로운 묘사가 있는 것도 아니다. 이 문장을 어떻게 고쳐 쓸 수 있는지 살펴보자.

고친 문장 택시에서 내린 티나는 지갑을 움켜쥔 채 눈앞의 철제 대문 사이를 흘끔거렸다.

의문이 떠오른다. 대문 너머에는 무엇이 있는가? 티나가 눈에 띌 정도로 긴장하는 이유는 무엇인가?

그다지 매력적이지 않은 첫 문장의 또 다른 예를 살펴보자.

예시 티나는 주차장 구석에 주차해둔 차를 향해 걸어갔다.

역시, 이 문장 또한 어떤 흥미로운 의문도 불러일으키지 않는다.

고친 문장 티나는 주차장의 어두운 구석에 주차해둔 차를 향해 걸음을 재촉했다.

단지 동사를 바꾸고 형용사를 덧붙였을 뿐이지만 이로 인해 독자는 왜 티나가 걸음을 재촉하는지 궁금해질 수 있다. 티나는 누구에게 쫓기고 있는가? 겁에 질려 있는가? '어두운'이라는 형용사를 덧붙이면서 배경의 시간을 설정할 수 있고, 이는 독자가 머릿속에 이미지를 떠올리는 데 도움이 된다. 덧붙여 밤의 주차장 구석이라는 이미지는 위험한 분위기를 조성할 수도 있다.

| 뛰어난 첫 문장의 예 |

궁금증을 야기하고 계속 책을 읽고 싶게 만드는 소설의 첫 문장을 소개한다. 읽어보고 내 생각에 동의하는지 살펴보자.

"아빠는 그 도끼를 들고 어디로 가는 거예요?" 함께 아침을 차리다가 펀이 어머니에게 물었다.

E. B. 화이트, 『샬롯의 거미줄』

매디 그레이의 눈에 샴푸가 들어갔을 때 세계의 종말이 닥쳤다.

리 윈터Lee Winter, 『잔혹한 진실The Brutal Truth』

나는 부엌의 개수대에 앉아 이 글을 쓴다.

도디 스미스, 『성 안의 카산드라』

스물여덟 번째 생일날 저녁 일곱 시 무렵, 달리 별일은 없었던 금요일의 사무실에서 데이나 와츠는 지금까지 본 것 중 가장 완벽한 벌거벗은 유방 한 쌍과 마주했다.

메건 오브라이언Meghan O'Brian, 『열세 시간Thirteen Hours』

그들은 백인 소녀를 먼저 쏘았다.

토니 모리슨, 『파라다이스』

처음 대드우드에 왔을 때 나는 엉덩이에 총을 맞았다.

앤 찰스Ann Charles, 『대드우드에서 떠날 뻔하다Nearly Departed in Deadwood』

그 달의 두 번째 목요일, 돔브로스키 부인은 우리의 치료 모임에 죽은 남편을 데려왔다.

조디 피코Jodi Picoult, 『이야기꾼The Storyteller』

무더운 8월의 어느 목요일 오후, 매디 패러데이는 남편의 캐딜락 앞좌석 밑에 손을 넣었다가 검은색 레이스 속옷을 발견했다. 그 속옷은 매디의 것이 아니었다.

제니퍼 크루즈Jennifer Crusie, 『나에게 거짓말을 해 줘Tell Me Lies』

전화가 울렸을 때 파커는 차고에서 사람을 죽이고 있었다.

리처드 스타크Richard Stark, 『방화선Firebreak』

"해고당했다고? 그게 무슨 소리야? 네가 해고를 당하다니?"

리즈 필딩, 『로열 데이트』

| 독자의 관심을 계속해서 잡는 법 |

자, 이제 훌륭한 첫 문장으로 독자를 낚는 데 성공했다. 그렇다면 그들의 관심을 어떻게 잡아둘 것인가?

해결책은 단순하다. 좀 더 많은 낚시를 던지는 것이다. 책을 여는 첫 장면, 첫 문단에서 독자의 마음속에 일어난 의문 몇 가지에 답을 해주게 되겠지만 독자가 계속 책을 읽어나가게 만들기 위해서는 동시에 또 다른 의문을 불러일으켜야 한다. 소설의 1장 전체에 걸쳐, 그리고 이야기 나머지 부분에서 의문들을 이곳저곳에 흩뿌려 놓으라. 독자는 마치 빵 부스러기를 따라 길을 찾듯이 그 의문들을 따라오게 될 것이다.

하지만 오직 의문만 불러일으키고 그 의문을 풀어주지 않는다면 오래지 않아 독자는 싫증을 내고 말 것이다. 아무리 기다려도 자신의 의문이 풀리지 않을 것이라고 생각하게 해서는 안 된다. 그렇기 때문에 1장에서는 적절하게 균형을 맞출 필요가 있다. 독자를 실망시키거나 혼란스럽게 하지 않을 만큼 의문들에 충분히 답을 제시하는 한편, 아직 답이 나오지 않은 의문 몇 가지를 남겨두라. 그리고 새로운 의문을 계속해서 불러일으키라.

그러면 독자는 계속해서 책장을 넘길 것이다. 이를 잘 보여주는 예로 수잔 콜린스의 『헝거 게임』을 여는 첫 문단을 살펴보자.

눈을 뜨자 침대 옆자리가 싸늘하게 식어 있다. 프림의 온기를 찾아 손가락을 뻗지만 만져지는 것은 매트리스를 덮은 거친 캔버스 천뿐이다. 프림은 악몽을 꾸고는 엄마 침대로 기어들어간 것이 틀림없다. 물론 그랬을 것이다. 오늘은 바로 추첨의 날이다.

첫 문장에서 한두 가지 의문이 떠오른다. 누가 사라졌는가? 그 이유는 무엇인가? 두 번째와 세 번째 문장은 이 의문에 답한다. 하지만 바로 그다음 문장에서 또 다른 의문이 떠오른다. 주인공은 왜 프림이 악몽을 꾸는 것이 당연하다고 생각하는가? 그리고 마지막 문장에서는 이 의문에 답을 하는 동시에 이 문단에서 가장 흥미로운 의문을 제기한다. 도대체 추첨의 날이란 무엇이란 말인가? 프림은 왜 추첨의 날 때문에 이토록 걱정을 하는가?

어떻게 일련의 의문들을 제기하고 이 의문들에 대해 답을 하는지 그 과정이 보이는가? 독자는 의문의 답을 알고 싶은 마음에 자신도 모르게 책장을 넘기게 된다. 불러일으킨 의문에 대해 여기 예시에서처럼 바로 답을 제시할 필요는 없다. 『헝거 게임』에서도 추첨의 날이 정확히 무엇인지 알기까지는 몇 쪽이 더 지나야만 한다. 독자는 추첨의 날이 무엇인지 알게 된 후에도 추첨에서 누구의 이름이 뽑힐지 궁금한 마음에 계속해서 책을 읽게 된다.

| 장면이 끝나는 곳, 장이 끝나는 곳에서의 낚시 |

자, 이제 마음을 사로잡는 첫 문단으로 독자를 낚고 첫 장면 곳곳에 더 많은 낚시를 던져 계속해서 책을 읽게 만드는 데 성공했다. 그렇다면 독자가 첫 장면 혹은 첫 장이 끝나는 곳에 도달할 때 무슨 일이 벌어질 것인가?

장면이 끝나는 곳, 장이 끝나는 곳은 독자가 책을 덮고 잠을 자러 가기에 안성맞춤인 곳이다. 작가의 임무는 독자가 자러 가도록 내버려두지 않는 것이다. 벌써 새벽 3시고 다음 날 출근을 해야 한다 해도 독자가 '한 장만 더 읽어야지'라고 생각하고 그 다음 한 장을 더 읽게 만들어야만 한다.

어떻게 하면 그렇게 할 수 있는가? 아마 충분히 짐작할 수 있을 것이다. 물론 또 다른 낚시의 도움을 받는 것이다. 장의 끝부분에 등장하는 낚시는 종종 '클리프행어cliffhanger'라고 불린다.

이 용어는 주인공이 절벽에 매달린 상황에서 끝난 연재소설에서 유래한 것으로 알려져 있다클리프행어란 절벽에 매달린 사람이라는 뜻이다-옮긴이. 주인공이 절벽에서 살아남는지 궁금했던 독자들은 그 잡지의 다음 호를 살 수밖에 없었다. 하지만 클리프행어라고 해서 반드시 주인공이 장이 끝날 때마다 생명의 위협에 처해야 한다는 뜻은 아니다. 장면이나 장이 끝나는 곳에서 독자를 낚는 것은 장면의 시작과 중반에 낚시를 배치하는 것과 똑같은 방식으로 수행된다. 바로 독자의 마음에 의문을 불러일으키는 방식이다. 다만 이곳에서는 의문의 답을 제시하는 것을 다음 장면 혹은 다음 장으로 미뤄, 답이 궁금한 독자가 계속 책장을 넘길 수밖에 없도록 하는 것이다.

| 장이 끝나는 곳, 장면이 끝나는 곳에서의 낚시의 예 |

장면이나 장이 끝나는 곳에 낚시를 배치하는 방법에는 몇 가지 선택지가 있다.

- **무언가 예상하지 못한 일이 벌어진다.** 예를 들어 수잔 콜린스의 『헝거 게임』에서 1장은 다음과 같이 끝난다.

에피 트링켓은 연단으로 돌아와 종이쪽지를 펴더니 그 안에 적힌 이름을 또렷한 목소리로 읽는다. 내 이름이 아니다. 프림로즈 애버딘이다.

- **주인공이 어떤 결심을 한다.** 그리고 독자는 그 결심이 어떤 결과를 초래하는지 알고 싶은 마음에 계속해서 책을 읽게 된다.
- **새로운 인물이 등장한다.** 그 예로 도나 타트가 쓴 『황금방울새』를 살펴보자.

현관참에는 내가 지금까지 한 번도 본 적이 없는 두 사람이 서 있었다. 짧고 삐죽하게 머리를 자른 통통한 체격의 한국계 여자와 셔츠에 넥타이를 맨 모습이 〈세서미 스트리트〉의 루이스와 몹시 닮은 라틴 아메리카계 남자였다. 두 사람한테는 위협적인 데라고는 전혀 없었고 오히려 그 반대였다. 둘 다 안심이 될 정도로 푸근한 체격의 중년이었고 학교의 임시 교사 같은 옷차림을 하고 있었다. 하지만 그 친절한 표정에도 불구하고 나는 두 사람을 보자마자 지금까지 알던 내 인생이 끝장났다는 사실을 깨달았다.

- **주인공이 어떤 새로운 사실을 알아내거나 깨닫는다.** 독자는 인물이 이 새로운 정보를 가지고 무슨 일을 할지 궁금해하게 된다. 예로 린다 반스가 쓴 『바보들의 문제』의 1장 마지막에서 사립 탐정인 주인공은 겉으로 가난해 보이는 고객이 실제로는 전혀 가난하지 않다는 사실을 알게 된다.

나는 고객이 수표책을 꺼내들기를 기다렸지만 그녀는 핸드백에서 두툼한 가죽으로 된 동전 지갑을 꺼내들었다. 그녀는 내 시선을 피하려고 애쓰며 자신의 지갑 뒤에 새로 꺼낸 동전 지갑을 숨겼다.

높은 의자에 앉아 있던 덕분에 동전 지갑 안에 들어 있는 두툼한 지폐 뭉치가 잘 보였다. 그녀는 백 달러짜리 지폐를 열 장 뽑아내더니 가장자리를 잘 맞추어 쿠키 접시 위에 올려놓았다.

오해하지 말기를 바란다. 처음부터 어딘가 구린 데가 있다고 생각하지 못했던 것은 아니다.

• **독자에게 무엇이 위험에 처했는지를 환기시킨다.** 예를 살펴보자.

"네가 맞기를 바라는 편이 좋을 거야. 계산이 단 1초라도 잘못되면 우리는 모두 목숨을 잃게 될 테니까."

• **장면이나 장이 끝나는 곳에서 주인공이 새로운 장애물을 마주한다.** 주인공이 목표를 달성하는 데 방해가 되는 장애물이다. 독자는 주인공이 그 장애물을 어떻게 극복하게 될지 궁금한 마음에 답을 알기 위해 계속 책을 읽어나갈 것이다.

- 결과를 예측하기 어려운 **새로운 상황이 발생한다.** 예를 들어 스릴러 소설이라면 1장을 경찰이 도착하는 장면으로 끝낼 수 있다. 독자는 인질을 잡고 있는 악당이 어떻게 반응하게 될지 궁금할 것이다. 악당이 공황 상태에 빠져 인질을 쏠 것인가?
- **미래에 일어날 곤란한 상황을 암시한다**(전조). 여기에 예를 살펴보자.

새러는 스미스가 모퉁이를 돌아 사라질 때까지 그의 등에 계속 총을 겨누고 있었다. 그를 보는 것이 마지막이 아닐 거라는 기분이 들었다.

- 전조는 독자가 앞으로 등장하게 될 위험한 상황을 예측하게 할 뿐만 아니라 **재미있는 장면을 기대하게 만드는 효과**도 있다. 내가 쓴 가짜 연애를 다룬 로맨스 소설 『룸메이트 협정』을 살펴보자.

이제 스테프는 자신의 계획을 기꺼이 함께해줄 사람을 찾기만 하면 되었다. 아마도 크레이크리스트^{미국 최고의 중고 물품 거래 사이트,} ^{부동산 임대 정보도 많이 올라온다-옮긴이}에서는 이런 사람을 찾지 못할 것이었다. 스테프는 이런 광고를 내는 상상을 하며 혼자 웃었다. "방 두 개짜리 아파트 함께 쓰실 분 구합니다. 중심가에 위치,

주차장 구비, 건물 내 세탁실, 가짜 연애 필요."

　주 경계선을 넘어 네바다주로 들어가면서도 스테프는 도대체 어떤 사람이 이런 광고에 연락을 해올지 즐거운 상상에 빠져 있었다. 남자일지, 여자일지 모르겠지만 어서 빨리 그 사람을 만나보고 싶었다.

　보다시피 장면이나 장의 마무리에는 모두 한 가지 공통점이 있다. 독자에게 아직 답이 주어지지 않은 질문을 남겨둔다는 점이다. 이상하게 들릴지도 모르지만 모든 장을 상황을 해소하며 마무리해서는 안 된다. 모든 상황이 깔끔하게 정리된다면 독자에게는 계속해서 책을 읽어나갈 이유가 사라진다. 그 대신 각 장을 '시작'으로, 즉 무언가 새로운 일이 일어나게 만들며 끝내라.

| 모든 장이 클리프행어로 끝나야 하는가 |

　하지만 모든 장면과 모든 장이 클리프행어로 끝날 필요는 없다. 클리프행어는 지나치게 자주 사용하면 효과가 무뎌진다. 독자가 계속해서 책을 읽게 만드는, 해결되지 않은 의문이 적어도 한 가지 이상 남아 있다면 모든 장을 깜짝 놀랄 사건으로 끝내지 않아도 괜찮다.

　하지만 소설을 시작하는 첫 장면과 1장, 그리고 1막의 끝맺음에는 좀 더 수고를 들이고 신경을 써야 한다. 이곳은 독자가 책을 덮어버릴 가능성이 가장 큰 위험 지역이기 때문이다. 이 구간을 독자가 계속 책장을 넘기도록 몰아붙이는 긴급한 의문을 불러일으키며 끝맺도록 유의하라.

연습 #20

아마 앞 장들의 연습 과제에서 살펴보았던 세 편의 작품을 다시 살펴볼 것이라 생각했을 것이다. 아니다! 이번 과제는 다르다. 이제 새로운 작품을 골라볼 시간이다. 책장으로 가거나 온라인 서점을 열어 지금 쓰고 있는 소설과 같은 장르에서 세 편의 작품을 고른다. 이미 읽은 작품 말고 다른 작품을 선택하고 싶다면 도서관에 가거나 온라인 서점에 들어가 그 장르에서 베스트셀러인 작품 다섯 편의 미리보기를 살펴본다. 오직 첫 번째 단락, 첫 페이지만을 읽는다. 그곳에서 낚시를 찾아볼 수 있는가? 그 부분을 읽고 어떤 의문이 떠오르는가? 계속 책을 읽어나가고 싶은 마음이 들지 않는다면 그 이유를 설명할 수 있는가? 관심을 사로잡은 작품에서 무엇을 배울 수 있는가? 관심을 사로잡지 못한 작품에서 무엇을 배울 수 있는가?

연습 #21

- 이제 지금 쓰고 있는 원고를 살펴보자. 낚시가 존재하는가? 독자의 관심을 사로잡고 질문을 던지게 만드는 지점이 언제 처음 등장하는가? 그 지점이 첫 번째 문단에 없다면 서두를 재배치하여 첫 번째 문단에, 가능하다면 첫 번째 문장에 낚시가 포함되도록 할 수 있는가? 혹은 첫 번째 문단에 낚시가 들어가도록 서두를 다른 방식으로 고쳐 쓸 수 있는가? 앞의 연습 과제에서 분석한 작품들에서 발견했던 요소와 비슷한 요소를 자신의 작품에 적용할 수 있는가?

- 아직 이야기를 구상하고 있는 단계라면 소설을 여는 첫 문단에 어떤 종류의 낚시를 넣을 계획인가? 아직 초고를 쓰지 않았다면 이 연습 과제를 건너뛰어도 좋다. 첫 문장과 낚시에 대해 고민하는 것은 초고를 일단 완성한 후에도 늦지 않다. 앞에서도 말했지만 소설의 첫 문장이 작가가 쓰는 첫 문장이 될 필요는 없다. 어떤 경우에는 이야기가 어떻게 끝나게 되는지 알기 전까지는 첫 단락에 대해 고민하지 않는 것이 이치에 맞기도 하다. 다만 원고를 고쳐 쓰는 단계에서는 반드시 이 연습 과제로 돌아오도록 유의하라.

연습 #22

'연습 #20'에서 분석했던 소설 세 편을 다시 한번 살펴보자. 이번에는 각 작품에서 1장이 끝나는 지점을 살펴본다. 각각의 작품은 1장을 어떤 식으로 마무리하는가? 끝부분에 낚시를 넣어 계속해서 책을 읽고 싶은 기분이 들게 만드는가? 세 편의 서두가 장을 마무리하는 방식에서 무엇을 배울 수 있는가?

연습 #23

• 자신이 쓰고 있는 원고 1장을 읽으면서 독자의 마음에 생겨날 법한 의문들을 모두 적어보자. 1장 안에서 이 의문들에 모두 답을 하고 있는가? 그렇다면 다시 돌아가 적어도 한 가지 의문은 답을 하지 않고 1장을 끝내는 편이 좋다. 1장의 마무리 부분에 독자가 계속해서 책장을 넘기게 만드는 낚시를 넣도록 유의하라.

• 아직 이야기를 구상하고 있는 단계라면 소설의 1장을 어디에서 끝내는 것이 좋다고 생각하는가? 독자가 계속해서 책장을 넘기고 2장을 읽기 시작하게 만들기 위해서 어떤 낚시를 넣을 수 있는가?

10장

임무 2

주인공을 소개하는 법

소설의 서두에서 수행해야 하는 가장 중요한 임무 중 하나는 주인공을 소개하고 독자가 누구의 이야기를 읽게 되는지 알려주는 것이다. 대다수의 독자가 책을 읽는 요인은(그리고 다시 읽는 요인은) 플롯이 아니라 바로 인물이다. 독자가 공감할 수 있는 인물이 적어도 한 명 이상 등장하지 않는다면 독자는 이야기 자체에도 흥미를 잃고 말 것이다. 이 문제에 대해 잠시 생각해보자. 독자로서 여러분은 어떤가? 어떤 이야기에 마음이 가는 이유는 그 이야기의 인물 때문이 아닌가? 여러분이 좋아하는 이야기를 떠올려보라.

| 주인공을 언제 소개하는가 |

이야기를 시작하는 즉시 독자에게 주인공이 누구인지 알려줄 필요가 있다. 몇 페이지가 지나고 나면 다시는 등장하지 않거나 심지어 살해당하게 될 조연 인물에게 독자가 마음을 주게 하지 말라.

그렇다면 어떻게 주인공을 주인공이라 꼭 짚어 말하지 않고도 독자에게 주인공이 누구인지 알려줄 수 있는가? 바로 주인공과 함께 이야기를 시작하고 첫 번째 장면에서 그들에게 초점을 맞추면 된다. 독자는 이제 막 알을 까고 나온 병아리와 비슷한 데가 있다. 자신이 가장 처음 만나는 인물과 유대감을 형성하고 그 인물을 주인공이라고 생각한다. 첫 장면에서 가장 눈에 띄는 인물이 주인공이 아니라면 서두를 고쳐 쓰는 편이 좋다. 이상적으로 독자는 소설의 첫 문장에서 주인공과 만나야 하며, 그렇지 않더라도 첫 문장과 가능한 한 가까운 곳에서 주인공과 만나야 한다. 첫 장면에서는 주인공에게 초점을 맞추라. 그렇게 하면 독자는 자신이 마음을 쏟아야 할 사람이 바로 이 사람이라는 사실을 자연스럽게 알게 될 것이다.

| 주인공을 어떻게 소개하는가 |

좋다. 이제 가장 먼저 소개해야 하는 인물이 누구인지 알았다.

이제 주인공을 어떻게 소개하는지 그 방법에 초점을 맞춰보자. 여기에서 중요한 요령 몇 가지를 설명한다.

- 단순하게 주인공으로만 이야기를 시작하지 않는다. **주인공이 무언가 흥미로운 일을 하는 모습으로 이야기를 시작한다.** 정적인, 그리고 지루한 상황에서 주인공을 소개하는 일을 피하라. 실제로 흥미로운 행동이라고는 아무것도 하지 않으며 자신의 인생을 되돌아보거나 현재 상황에 대해 고민하는 모습으로 책을 시작하지 말라. 길게 이어지는 내적 성찰은 수동적인 인물상, 지나치게 느린 서두를 초래한다. 이 문제에 대해서는 나중에 좀 더 자세하게 다룰 것이다. 우선 1장에서 주인공이 자리에 앉아 생각하는 장면을 피해야 한다는 사실만 염두에 두라. 설거지를 하거나 양치질을 하는 것 말고 좀 더 흥미로운 행동을 하게 만들라. 어떤 문제를 해결하거나 갈등에 직면하고, 재미있는 대화를 나누게 하라.
- **이상적으로는 주인공의 성격을 잘 보여주는 순간에 책을 시작하는 것이 좋다.** 행동을 통해 주인공의 가장 두드러지는 성격적 특징을 보여주라. 성격의 특징을 길게 목록으로 나열해서 '말해주면' 안 된다. 주인공의 성품을 잘 드러내는 특징, 그 인물을 그 인물답게 만드는 요소를 독자에게 '보여주는' 데 초점을 맞추라. 내가 쓴 역사 로맨스 소설 『마음 깊은 곳에서 흔들

려Shaken to the Core』에서는 주인공 길리아나가 자신의 오빠를 걱정하는 모습으로 서두를 연다. 이 장면은 독자에게 길리아나가 가족에 충실하고 예전부터 가족을 보살펴 왔다는 사실을 보여준다. 가능한 한 이른 시기에 주인공을 정의내리는 성격의 본질을 독자에게 '보여주려' 노력하라. 주인공의 가장 지배적인 특징이 재치 넘치고 날카로운 말을 잘하는 것이라면 첫 장면에서 주인공이 누군가와 농담을 주고받게 만들라.

- **독자에게 인물의 성격을 보여주되, 설명하지 않는다.** 주인공의 가장 지배적인 성격적 특징에 대해 독자에게 알려줄 때는 '말하지 말고 보여주라'는 글쓰기의 기본 원칙을 지키도록 명심하라. 내가 쓴 소설『그저 보여주는 관계』의 문장을 예로 살펴보자.

말하기 클레어는 과할 정도로 정리를 잘하고 깔끔하다.

보여주기 클레어는 라나가 개수대에 던져둔 젖은 행주를 비틀어 짠 다음 잘 개어 수도꼭지 위에 널었다.

독자는 인물의 행동에 대한 작가의 해석을 듣기보다는 직접 인물이 하는 행동을 지켜보고 자신만의 결론을 이끌어내며 인물의 성격을 스스로 판단하고 싶어 한다. 인물의 성격적 특징을 단순히 '말해주는' 대신 인물의 행동과 대화, 생각, 몸짓언어를 통해 '보여주도록' 유의하라.

- **소설의 1장에서 주인공에 대해 알고 있는 모든 사실을 드러내지 않는다.** 그렇게 하고 싶은 마음은 충분히 이해한다. 특히 작가가 인물 소묘를 세밀하게 작성하고 인물의 첫사랑부터 좋아하는 아이스크림 맛까지 속속들이 잘 알고 있는 경우 그러기가 쉽다. 하지만 독자는 1장에서부터 주인공에 대해 모든 것을 전부 알 필요가 없다. 우리가 현실에서 사람을 만나 알아나가는 것과 같은 방식으로 독자가 인물을 만나 알아나가도록 만들라. 바로 서서히, 조금씩 알아나가는 것이다. 그 방법에 대해서는 20장에서 좀 더 많은 조언을 찾아볼 수 있다.
- **주인공의 장점 혹은 능력을 규정한다.** 첫 장면에서 독자에게 주인공이 잘하는 무언가를 '보여주라'. 이 기술은 종종 책의 후반에 가서 중요한 역할을 한다. 예를 들어 나중에 주인공이 세 명을 상대로 싸움을 벌여 이기게 된다면 첫 장면에서 독자에게 무술 대회 메달을 '보여주라'.
- **주인공에게 두려움이나 결점, 내면의 문제가 있다는 사실을 독자에게 암시한다.** 완벽한 주인공은 비현실적이고 지루하다. 더 이상 성장할 여지가 남아 있지 않기 때문이다. 주인공이 입체적인 인물이 되기 위해서는 그저 장점과 긍정적인 특징만을 가지고 있어서는 안 된다. 인물에게는 약점이나 두려움, 결점이 필요하다. 이야기가 펼쳐지는 과정에서 주인공은 대개 그

결점들을 극복하게 된다. 이야기가 시작될 때 주인공이 지닌 결점은 종종 주인공의 장점 혹은 지배적인 성격적 특징의 이면일 때가 많다. 예를 들어 〈니모를 찾아서〉의 말린은 자녀를 소중히 여기는 아버지지만 한편으로는 두려움에 사로잡혀 자녀를 과보호하는 인물이기도 하다. 주인공이 야심만만한 사람이라면(장점), 또한 일 중독일 수도 있다(결점). 독립적인 성격이라면 한편으로는 다른 사람을 신뢰하거나 의지하는 데 어려움을 겪을 수 있다. 주인공의 두려움이나 결점은 과거의 치유되지 못한 심리적 상처에서 유래한 것일 수도 있다. 그 상처를 일으킨 사건은 반드시 정신적 외상을 초래하는 큰 사건일 필요는 없으며 그저 주인공을 현재의 모습이 되기까지 영향을 미친 사건이면 충분하다. 예를 들어 내가 쓴 소설 『룸메이트 협정』에서 래는 히피였던 부모님과 대안적인 생활 방식 때문에 놀림을 받으며 컸다. 그 결과 래는 공공장소에서 비웃음을 사는 일을 두려워하게 되고 어른이 된 후에도 사람들 앞에서 창피를 당하는 일을 피하려고 무던히 애쓰게 된다.

- **독자가 인물의 감정을 어느 정도 들여다보게 만든다.** 독자가 책을 읽는 것은 감정적인 경험을 하기 위해서다. 그러므로 첫 장면에서 인물이 어떤 감정을 느끼는지 알려주라. 다시 한번 그 감정에 대해 '말하는' 대신 '보여주도록' 유의하라. '말하기'와 '보여주기'의 차이를 살펴보자.

감정을 말하기 그는 안도했다.

감정을 보여주기 '하느님, 감사합니다.' 그는 손으로 가슴을 눌렀다.

인물의 감정을 어떻게 '보여주는지'에 대해 좀 더 많은 것을 알고 싶다면 이 시리즈의 또 다른 글쓰기 안내서인 『묘사의 힘』을 참고하라.

이상적으로는 첫 장면에서 위에서 언급한 모든 과업을 수행해야 한다. 물론 불가능할 때도 있겠지만, 첫 장면에서 가능하면 많은 과업을 해내려고 노력하고 그다음 1장 안에서 남은 과업을 마저 수행하려고 노력하라.

| 어떻게 독자가 주인공에게 마음을 쏟게 만드는가 |

책의 서두는 그저 주인공을 소개하는 데 그쳐서는 안 된다. 독자가 주인공에게 호감을 느끼고, 마음을 쏟게 만들어야 한다. 이 감정적 유대감은 독자가 계속 책장을 넘기게 만드는 힘으로 작용한다. 주인공에게 마음을 쏟는 독자는 주인공이 어떻게 온갖 장애물을 헤치고 목표를 달성하는지 알고 싶어 하기 때문이다.

그렇다고 해서 독자가 책이 시작한 즉시 주인공의 모든 면을 사랑해야 한다는 뜻은 아니다. 하지만 처음부터 독자가 주인공과 자신을 동일시할 만한 무언가가 있어야만 한다. 그럼 어떻게 독자가 주인공에게 마음을 쏟게 하는가? 여기에 그렇게 할 수 있는 요령을 설명한다.

- **주인공을 독자가 공감할 수 있는 인물로 만든다.** 주인공이 억만장자든, 록 스타든, 늑대 인간이든, 마녀든 그들에게는 독자가 공감할 수 있는 무언가가 있어야만 한다.
- **주인공에게 적어도 한 가지 이상 감탄할 만한 특징을 부여한다.** 예를 들어 주인공이 뛰어난 유머 감각을 보여주는 모습이나, 무언가 용감한 행위를 하는 모습을 보여주라. 바로 여기에서 블레이크 스나이더의 『SAVE THE CAT!』^{고양이를 구하라-옮긴이}의 제목이 유래한다. 이 책에서 그는 주인공이 친절하거나 용감한 행동을 하게 해서 관객이 주인공에게 호감을 느끼도록 만들라고 제안한다. 이를테면 고양이를 구하기 위해 자신의 목숨을 내거는 행동 같은 것이다.
- **독자가 동정심을 느낄 만한 상황에 주인공을 던져 넣는다.** 일반적으로 우리는 부당한 불행을 겪거나, 창피를 당하거나, 거절당하거나, 학대를 받는 사람을 딱하게 여긴다. 예를 들어 내가 쓴 로맨스 소설 『그저 보여주는 관계』의 첫 장면에서는 클레어의 약혼자가 클레어와의 약혼을 파기한다.

- **주인공이 독자가 공감할 수 있는 감정을 경험하도록 한다.** 독자가 주인공과 완전히 똑같은 상황에 처해보지 않았다고 하더라도 잘 알고 있을 법한 보편적인 감정을 불러일으킬 필요가 있다. 예를 들어 슬픔이나 창피함 같은 감정이다.
- **독자가 주인공을 움직이는 동기를 이해하도록 만든다.** 독자가 주인공의 목표에는 공감하지 못할 수도 있지만 그 목표를 이루기 위해 노력하는 이유에 대해서는 공감할 수 있어야 한다. 예를 들면 내가 쓴 초자연적 로맨스 소설 『두 번째 본성Second Nature』의 주인공 그리핀은 변신수 종족으로 한 인간을 죽이기 위해 세상에 나온다. 이 목표를 통해 독자가 그리핀에게 호감을 느끼기는 어렵다. 하지만 독자는 이 목표 뒤에 숨은 동기에 대해 공감할 수 있다. 그리핀이 그 인간을 죽이려는 이유는 멸종 위기에 처한 자신의 종족이 세상에 드러나지 않도록 보호하기 위해서다. 자신이 사랑하는 이들을 보호하고 싶은 마음은 독자가 충분히 공감할 수 있는 동기다.

첫 장면 안에서 이 과업을 전부 다 수행해야 할 필요는 없다. 이를테면 인물의 동기를 알려주는 일은 나중으로 미뤄도 좋다. 하지만 이야기가 시작되는 즉시 독자가 주인공과 유대감을 쌓을 수 있도록 첫 장면에서 이 과업 중 적어도 몇 가지를 수행하도록 노력하라.

| 서두에서 소개해야 하는 다른 인물들 |

물론 책의 시작 부분에서 주인공을 등장시키는 것만으로는 충분치 않다. 여기에서는 책의 1막에서 소개하는 다른 인물들에 대해 몇 가지를 설명하겠다.

- **주인공의 연애 상대.** 로맨스 소설을 쓰거나 로맨스적 서브플롯이 있다면 주인공의 연애 상대를 소설 초반에 소개해야 할 필요가 있다. 실제로 나는 대다수의 로맨스 소설에서는 주인공이 두 명이라고 주장한다(다자간 연애 관계에 대한 소설이라면 두 명 이상이 될 것이다). 어떤 책에서는 독자가 두 주인공 중 한 인물의 시점에 좀 더 긴 시간을 머물기도 한다. 그 인물은 대부분의 경우 사랑에 빠지기 앞서 극복해야 할 두려움과 결점이 한층 큰 인물일 것이다. 이런 경우 이 인물은 다른 인물에 비해 주인공에 한층 가깝다고 볼 수 있으며 먼저 소개될 것이다. 하지만 누가 주인공이든 간에 작가는 연애와 관련된 주요 인물들을 가능하면 빠른 시기에 소개할 필요가 있다. 주인공은 미래에 사랑에 빠지게 될 대상과 1장에서, 늦어도 2장이나 3장에서는 만나야만 한다.
- **적대자.** 스릴러 소설이나 미스터리 소설이 아니더라도 모든 이야기에는 악역이 필요하다. 악역이 반드시 연쇄 살인마나 세계를 멸망시키려는 사악한 악당일 필요는 없다. 적대자란 단지

주인공이 목표를 달성하는 일에 방해가 되는 사람이다. 적대자를 등장시킬 때는 그를 장점과 결점을 모두 지닌 인물로, 그리고 무슨 일을 하든지 간에 그 일을 해야만 하는 설득력 있는 이유를 가진 입체적인 인물로 만들라. 적대자를 주인공이 지나치게 쉽게 이기지 못하는, 상대할 가치가 있는 인물로 만들도록 유의하라. 적대자는 1막이 끝나기 전에 소개되어야 한다. 설사 1막에서 적대자의 모습이 직접 등장하지 않더라도 적어도 그 존재를 사전에 암시해야만 한다. J. K. 롤링은 '해리 포터' 시리즈에서 그렇게 했다. 우리는 1권의 1막에서 볼드모트를 직접 만나지는 못하지만 그가 해리의 부모님을 죽였다는 사실을 알게 된다.

• **다른 주요 인물들.** 1막은 또한 주인공 외의 다른 '주요' 인물들을 소개하는 곳이기도 하다. '주요'라는 말에 작은따옴표를 붙여 강조했다는 점을 눈여겨보자. 플롯에 중요한 역할을 하는 인물이 있다면 1막에서 그들을 소개하는 편이 좋다. 그렇다고 해서 1장에서 지나치게 많은 인물을 등장시키면 안 된다. 독자가 각각의 인물을 파악하지 못하고 혼란에 빠져버릴 것이다. 특히 이야기를 여는 첫 장면에 조연을 등장시키지 않도록 유의하라. 혹은 조연을 꼭 등장시켜야 한다면 그들이 단지 조연에 불과하다는 사실을 명확하게 밝힌다. 어떻게 그렇게 할 수 있는가? 그들에게 시간을 많이 쓰지 않으면 된다. 어떤 인물의

이름을 밝히고 그 모습을 묘사한다면 독자는 무의식적으로 그 인물이 중요한 역할을 할 것이라 짐작할 것이다. 그러므로 예를 들어 주인공이 택시에서 내리는 모습으로 책을 시작한다면 택시 운전사를 '택시 운전사'라고만 지칭하고 이름을 부여하거나 그의 모습을 자세히 묘사하지 않아야 한다.

연습 #24

지금 쓰고 있는 소설 장르에서 가장 좋아하는 인물이 등장하는 작품을 세 편 고른다. 각 작품의 1장을 읽어본다. 첫 장면에서 몇 명의 인물이 소개되는가? 1장에서는 몇 명의 인물이 소개되는가? 우리는 주인공을 언제 만나게 되는가? 주인공은 어떤 방식으로 소개되는가? 1장에서 우리는 주인공에 대해 무엇을 알게 되는가? 주인공을 호감이 가는 인물로 만들어주는 요소는 무엇인가? 세 작품이 인물을 소개하는 방식에서 무엇을 배울 수 있는가?

연습 #25

• 지금 쓰고 있는 원고를 살펴보자. 주인공을 언제 만나는가? 주인공을 좀 더 빨리 소개할 필요가 있는가? 주인공을 호감이 가는 인물로 만들었는가? 첫 장면에서 몇 명의 인물이 소개되는가? 1장에서는 몇 명의 인물이 소개되는가? 혹시 인물이 지나치게 많이 등장하지는 않는가? 특히 조연 인물이 많이 나오지는 않는가? 조연이 조연에 불과하다는 사실이 명확하게 드러나는가? 조연 중 몇 명을 잘라내는 편이 더 좋지 않은가? 한번 시도해본 다음 인물을 줄인 후에도 장면이 제대로 제 역할을 하는지 살펴보라.

• 아직 이야기를 구상하고 있는 단계라면 언제 주인공을 소개할 계획인가? 독자는 주인공을 첫 페이지에서 바로 만나게 되는가? 첫 장면에서 몇 명의 인물이 등장할 예정인가? 1장에서 독자는 몇 명의 인물과 만나게 될 것인가?

연습 #26

- 주인공을 주인공답게 하는 지배적인 성격적 특징은 무엇인가? 이를 한 마디로 표현한다면, 어떤 단어가 적합할 것인가? 그리고 주인공이 지닌 두려움 혹은 결점은 무엇인가?

- 이야기를 시작하는 첫 장면에서 주인공의 지배적인 성격적 특징이 드러나는가? 독자에게 주인공의 결점이나 두려움에 대해 어떤 식으로든 암시했는가? 독자가 주인공에 대해 호감을 느낄 만한 요소를 집어넣었는가? 아직 소설을 구상하고 있는 단계라면 주인공의 지배적인 성격적 특징, 호감이 갈 만한 특징, 두려움 혹은 결점을 첫 장면에서 어떻게 드러낼 수 있을지 궁리하라.

연습 #27

- 쓰고 있는 원고의 첫 장면을 읽어보자. 그리고 첫 장면에서 주인공에 대해 알 수 있는 사실들을 목록으로 만들어보자. 작가로서 인물에 대해 알고 있는 사실을 제외하고 첫 장면에 나와 있는 항목만 포함시키라.

- 그 사실들을 '말했는가' 아니면 '보여주었는가'? 아직 구상하고 있는 단계라면 첫 장면에서 주인공에 대해 알려주고 싶은 항목을 목록으로 만들고 이 장에서 설명한 '주인공을 어떻게 소개하는가'를 지침으로 활용하라. 독자에게 인물을 어떻게 '보여줄' 수 있는지 궁리하라.

11장
임무 3

사건의 한복판에서 이야기를 시작하는 법

몇몇 편집자와 글쓰기 교사들은 작가에게 '액션으로 이야기를 시작하라'라고 충고한다. 나는 이 말이 훌륭한 조언인 동시에 아주 안 좋은 조언이기도 하다고 생각한다. 이 말이 좋은 조언인지, 안 좋은 조언인지는 책과 장르, 그리고 이 조언을 어떻게 해석하는지에 따라 달라진다.

| 총알이 날아가는 장면으로 책을 시작하지 말라 |

이 충고를 액션 장면, 즉 폭탄이 폭발하고, 총알이 오가고, 차가 질주하는 추격 장면으로 책을 시작해야 한다는 뜻으로 받아들일 수 있다. 하지만 책은 액션 장면으로 시작하는 경우 대부분 효과를 발휘하지 못한다. 문제는 독자가 아직 인물과 유대감을 쌓을 시간이 없었다는 것이다. 그러므로 독자는 주인공이 이 위험한 상황에서 살아남을지 별로 신경 쓰지 않는다. 심지어 누가 주인공인지, 누구를 응원해야 하는지 아직 잘 모를 수도 있다. 바로 이런 이유로 주인공을 위험에 빠뜨리기 전에 시간을 뒤로 돌려 한두 문단의 짧은 일상 세계 부분을 보여줘서 독자가 주인공과 유대감을 쌓을 시간을 주는 것이 좋다. 이에 대해서는 4장에서 이미 설명했다.

　'액션으로 이야기를 시작하라'는 충고가 '액션 장면으로 이야기를 시작하라'는 뜻이 아니라면, 그럼 이 말은 무엇을 의미하는가?

| 사건의 한복판에서 이야기를 시작하라 |

　'인 메디아스 레스in medias res', 즉 라틴어로 '사건의 한복판'에서 이야기를 시작하라는 뜻이다. 수많은 작가들이 인물이나 이야기 세계에 대한 배경 정보, 혹은 인물이 어떻게 그 상황에 처하게 되었는지에 대한 설명으로 책을 시작한다. 하지만 소설을 읽는 독자는 강의를 듣고 싶은 게 아니라 재미를 느끼기 위해 책을 읽는다. 그들은 과거에 있었던 어떤 사실을 배우기보다는 현재 일어나고 있는 사건을 경험하고 싶어 한다.

　'액션으로 시작하라'는 조언이 진정으로 의미하는 바는 이미 벌어지고 있는 흥미로운 상황 혹은 어떤 목표를 좇는 인물로 이야기를 시작하라는 뜻이다. 정보는 모두 잘라내고 그 대신 독자에게 행동과 대화를 보여주라. 독자를 이야기 한복판에 던져 넣은 다음 곧장 흥미로운 사건이 벌어지게 만들라. 설명은 나중에 가서 조금씩 부분적으로 채워 넣을 수 있다. 격변의 사건이 벌어지기까지 오래 지체하지 말고, 격변의 사건이 조금 늦어진다면 그 사이를 충분히 흥미로운 사건들로 채워 넣으라. 주인공의 삶을 무너뜨리는 거대한 사건이 벌어지는 순간까지 독자의 관심을 사로잡아야 한다.

앞서도 언급했지만 편집자와 독자가 책을 덮게 만드는 흔한 실수는 주인공이 자리에 가만히 앉아 생각을 하는 시나리오다. 이런 책은 주인공이 자신의 인생을 되돌아보는 장면으로 시작한다. 정적인 인물은 지루하다. 인물에게 생각을 하게 만드는 대신 무언가 흥미롭게 보이는 일을 부여하라. 주인공이 어떤 목표를 향해 움직이는 모습을 보여주라. 그 목표는 책 전체에 걸쳐 주인공이 성취하기 위해 노력하게 될 목표가 아니어도 좋다. 이를 보여주는 예로 메이 다우니May Dawney가 쓴 디스토피아 소설 『생존 본능Survival Instincts』의 첫 페이지를 살펴보자.

뉴욕시가 특별한 곳이라고 알려주는 첫 번째 징조는 얼룩말이었다. 얼룩말이 관목을 헤치고 나오더니 햇살이 내리쬐는 주간고속도로 위로 올라섰다. 린에게서 9미터도 채 떨어지지 않은 곳이었다. 녹슨 자동차가 길게 늘어선 사이를 얼룩말이 누비는 동안 갈라진 아스팔트 위에서 발굽이 또각거렸다.

린은 걸음을 멈추었다.

스키버도 린의 발 옆에서 걸음을 멈추었다.

적어도 아직까지는 얼룩말이 둘의 존재를 눈치 채지 못했다. 얼룩말은 우물거리는 입술로 풀 한 다발을 잡아 뜯었다.

린은 일부러 눈을 깜빡여보면서 이렇게 하면 그 동물이 도망쳐버릴 것인지 생각했다. 얼룩말은 도망치지 않았다. 만약 이 동물이 린이 생각한 동물이 맞다면 린은 지금 구세계의 유물을 응시하고 있는 것이었다. 이 줄무늬가 있는 말들은 도시의 심장부에 위치한, 주의 깊게 조성된 서식지 안에서 보호되고 있었다. 린은 얼룩말을 보고 아마도 경외심을 느껴야 했으리란 걸 깨달았지만 머릿속에서는 오로지 '저녁거리' 생각밖에 남아 있지 않았다. 린은 가만히 허리띠로 손을 뻗어 토마호크를 고정시켜 둔 가죽 끈을 풀었다.

여기에서 저자는 배경에 대한 정보를 전달하면서도, 이 세계에 무슨 일이 일어났는지 설명하기 위해 행동을 멈추지는 않는다. 우리는 주인공의 뒤를 따라 주인공이 목표를 향해 움직이는 모습, 즉 저녁거리를 마련하기 위해 사냥에 나서는 모습을 지켜본다.

    4부에서 이 주제를 좀 더 자세하게 살펴볼 것이다. 4부에서는 정보 무더기를 피하는 법을 비롯하여 배경 이야기와 묘사를 다루는 방법에 대해 구체적으로 논의할 것이다.

연습 #28

지금 쓰고 있는 책과 같은 장르에서 세 편의 소설을 고른다. 앞서 연습 과제에서 이미 분석한 작품들이 싫증 났다면 새로운 작품을 골라도 좋다. 첫 페이지를 펼쳐 살펴보자. 사건의 한복판에서 이야기를 시작하는가? 첫 페이지에서 주인공은 무엇을 하고 있는가? 주인공은 어떤 목표를 위해 움직이고 있는가?

연습 #29

지금 쓰고 있는 원고의 첫 페이지를 살펴보자. 인물이 행동하는 모습을 보여주고 있는가? 이 책이 영화화되어 촬영을 한다고 상상해보라. 화면에서 배우가 어떤 일을 하고 있는가? 첫 장면에서 활동이 충분한가, 아니면 서두가 지나치게 정적인가?

12장
임무 4

어조를 설정하는 법, 기대치를 설정하는 법

이야기의 서두는 독자에게 이 책이 어떤 종류의 책이 될 것인지 약속하는 곳이다. 서두에서는 이 책의 장르, 어조, 분위기, 주제, 속도에 대해 기대치를 설정한다. 유쾌한 로맨틱 코미디 소설인가, 액션 장면이 즐비한 스릴러 소설인가, 서스펜스가 넘치는 미스터리 소설인가, 재기 넘치는 청소년 소설인가? 독자와의 약속을 깨고 독자를 실망시키기 않기 위해서는 책의 서두가 책의 나머지 부분과 일치하도록 유의해야 한다.

| 지켜야 하는 약속 |

여기에 서두에서 해야 할 약속 몇 가지가 있다. 어떤 것을 약속해 놓고는 전혀 다른 것을 보여주지 않도록 각각의 항목을 주의 깊게 살펴보자.

- **책의 장르.** 책의 첫 장면에서는 그 책의 장르와 서브 장르를 뚜렷하게 암시해야 한다. 장르는 이미 제목과 표지, 소개 글에서 어느 정도 드러날 것이다. 로맨스 소설의 경우 두 주인공이 아직 만나지 않은 상황에서 첫 장면부터 전형적인 '로맨스 소설'다운 요소를 도입하기가 항상 가능하지만은 않다. 하지만 적어도 다른 장르로 오해할 만한 요소를 사용하지 않도록 유의하라. 이를테면 달콤한 로맨스 소설을 불쾌한 살인 장면으로 시작하지 말라. 도시 판타지 소설의 서두가 현대 로맨스 소설처럼 읽히다가 갑자기 25페이지에 이르러 마녀나 뱀파이어가 등장한다면 독자는 배신감을 느낄 것이다. 우리가 살고 있는 이 세계와 아주 비슷해 보이는 배경에서 펼쳐지는 도시 판타지 소설을 쓰고 있다면 바로 첫 페이지에서 소설의 세계가 실은 우리의 세계와는 다른 세계라는 사실을 알려줄 방도를 궁리하라. 이를 잘 보여주는 예로 조지 오웰이 쓴 『1984』의 서두를 살펴보자.

4월의 맑고 추운 날이었다. 시계가 열세 차례 울렸다. 윈스턴 스미스는 지독한 바람을 피하기 위해 턱을 가슴팍에 깊이 묻고는 빅토리 맨션의 유리문 사이로 재빨리 몸을 밀어 넣었다. 하지만 모래투성이 바람 한 줄기가 그의 뒤를 따라 들어오는 것을 막을 수는 없었다.

언뜻 보면 이 소설은 영국을 배경으로 하는 것처럼 보인다. 하지만 실제 현실 세계에서 4월의 맑은 날은 대개 춥지 않고 시계는 틀림없이 열세 번이나 울리지 않는다(24시 체계를 사용하는 나라에서도 아날로그시계는 오직 12시간만을 표시하며 오후 1시든, 13시든 시계는 한 번만 울린다).

- **책의 어조.** 어조는 이야기를 하는 화자의 태도를 가리킨다. 낙천적인 책인가, 비관적인 책인가? 심각한 책인가, 익살스러운 책인가? 따스한 책인가, 냉담한 책인가? 희망에 찬 책인가, 절망스러운 책인가? 슬픈 책인가, 기쁨에 찬 책인가? 첫 페이지에서 설정한 어조는 책의 나머지 부분에서도 일관되게 이어져야 한다. 익살맞고 명랑한 이야기를 쓰고 있다면 서두 역시 익살맞고 명랑한 어조로 쓰도록 유의하라. 이를 잘 보여주는 예로 헬렌 필딩이 쓴 『브리짓 존스의 일기』를 살펴보자.

정오, 런던의 내 아파트.
　으윽. 새해 첫날부터 그라프튼 언더우드까지 운전을 하고 가서 제프리 알콘베리 삼촌네에서 열리는 칠면조 커리 뷔페 파티에 참석해야 하다니, 육체적으로도, 정서적으로도, 정신적으로도 도저히 못 해 먹을 짓이다. 아무리 제프리 삼촌과 우나 이모가 우리 부모님과 가장 친한 친구라지만. 제프리 삼촌이 끊임없이 잊지도 못하게 되새겨주는 말에 따르면 삼촌네는 내가 발가벗고 잔디밭을 뛰어다닐 무렵부터 나를 알고 지냈다고 한다. 지난 8월 은행 공휴일, 엄마는 아침 여덟 시 반부터 전화를 걸어와서는 파티에 참석하겠다는 약속을 끝끝내 받아내고야 말았다. 엄마는 이리저리 교묘하게 말을 에두르다가 이 이야기를 꺼냈다.

내가 보기에 이 서두의 어조는 일기라는 제목에서 기대할 수 있듯이 개인적이며, 익살맞고, 자기 비하적이다.

- **책의 속도.** 빠르게 질주하는 자동차 추격 장면으로 책을 시작한다면 독자는 인물 중심의, 시적인 묘사가 가득한 성장 소설이 아니라 속도감이 빠른 스릴러 소설을 기대할 것이다. 그렇기 때문에 단지 독자의 관심을 낚기 위한 목적으로 첫 문장에 괜한 술책을 부리지 않는 것이 중요하다. 독자의 관심을 사로잡을 수 있을지는 몰라도 이야기의 나머지 부분이 그 기대에 부응하지 못한다면 독자는 금세 나가떨어질 것이다.

연습 #30

지금 쓰고 있는 소설과 같은 장르에서 이미 잘 알고 있는 작품을 세 편 고른다. 첫 페이지를 읽어보자. 첫 페이지에서 무엇을 약속하고 있는가? 각각의 작품은 책의 나머지 부분에서 그 약속을 지키는가? 첫 페이지에서 설정한 어조가 책의 나머지 부분과 동일한가?

연습 #31

지금 쓰고 있는 원고의 첫 페이지를 살펴보자. 독자에게 어떤 약속을 하고 있는가? 그 약속을 책의 나머지 부분에서 지키고 있는가? 예를 들어 서두에서 책의 장르를 암시하는가? 서두의 어조가 책의 나머지 부분에서 일관되게 유지되는가? 서두의 속도가 책의 나머지 부분의 속도와 일치하는가? 이 세 가지 질문에 하나라도 아니라는 대답이 나온다면 올바른 기대치를 설정하기 위해 어떤 방식으로 책의 서두를 고쳐 쓸 수 있는가?

13장
임무 5

시간과 공간을 설정하는 법

  독자는 새로운 이야기를 만날 때마다 두 가지 질문을 던진다. 이 이야기는 언제, 그리고 어디에서 펼쳐지고 있는가? 길을 잃은 적이 있다면 자신이 어디에 있는지 모르는 것이 얼마나 불안하고 혼란스러운지 잘 알고 있을 것이다. 그러므로 독자에게 그런 기분을 안겨주지 말자. 소설을 시작하고 가능하면 서둘러 이야기가 언제, 어디를 배경으로 펼쳐지는지 독자가 파악할 수 있도록 하라.

  우리는 런던에 있는가? 아이오와주의 시골 마을에 있는가? 마법 학교에 있는가? 머나먼 행성에 있는가? 이야기가 현재를 배경으로 하는가, 과거를 배경으로 하는가, 미래를 배경으로 하는가? 봄인가, 여름인가, 가을인가, 겨울인가? 아침인가, 오후인가, 한밤중인가?

| 독자를 배경에 안착시키는 법 |

여기에서는 이야기의 시간과 장소를 설정하는 데 있어 몇 가지 중요한 요령을 설명한다.

- **간결한 것이 아름답다.** 독자가 배경에 적응할 수 있을 만큼 배경에 대한 정보를 주어야 하지만 여기에 지나치게 몰두한 나머지 이야기 세계에 대한 과도한 정보로 독자를 숨 막히지 않게 하라. 이 안내서 20장에서 느린 서두를 피하고 묘사를 다루는 법에 대해 구체적으로 설명한다.
- **여러 감각을 활용한다.** 그렇다고 해서 극단으로 치우친 나머지 배경을 묘사할 때마다 오감을 전부 사용하지는 말자. 하지만 배경 묘사에 시각 외에 다른 감각을 적어도 한 가지는 덧붙이려고 노력하라. 소리와 냄새, 맛, 촉감은 독자가 배경을 생생하게 경험하는 데 도움이 된다. 여기에서 신시아 페인Cynthia Payne이 쓴 『마지막 용 공주The Last Dragon Princess』의 첫 문단을 살펴보자.

몇 시간 동안이나 음악 말고 들리는 소리라고는 화가가 끊임없이 슥삭슥삭 붓을 놀리는 소리뿐이었다.

- **묘사가 인물의 시점을 위반하지 않도록 유의한다.** 묘사를 할 때는 시점 인물의 배경과 성격, 상황에 따라 시점 인물이 눈여겨보고 생각할 법한 것들만 묘사해야 한다. 사람들은 각기 다른 것들을 눈여겨보기 마련이다. 인테리어 디자이너라면 방 안의 색감이나 가구 배치를 눈여겨 볼 것이고 소방관이라면 비상구 위치를 확인할 것이다. 지금 시점 인물이 배경을 눈여겨보고 배경에 대해 생각할 법한 합당한 이유가 실제로 존재하는가? 예를 들어 시점 인물이 익숙한 장소에 있다면 그 장소의 가구라든가 커튼 색을 주의 깊게 살피지 않을 것이다. 주인공의 집이나 직장의 모습을 묘사하고 싶다면 주인공이 주위의 모습을 눈여겨볼 법한 합당한 이유를 부여해야만 한다. 주위 환경에 평소와는 다른 무언가가 있어 인물의 눈길을 잡아끄는가?
- **그저 객관적인 묘사에 그치지 않고 시점 인물이 그 환경을 어떻게 느끼는지 암시한다.** 시점 인물이 아무런 감정 없이 모든 것을 기록하는 객관적인 카메라가 아니라는 사실을 명심하라. 단순히 배경에 대한 사실만을 전달하지 말고 그 배경이 인물 안에 어떤 감정을 불러일으키는지에 대해 완곡하게 암시하라. 다음 예를 살펴보자.

객관적 묘사 소독약 냄새가 진동했다.

주관적 묘사 복도에서 소독약이 배어나오는 것만 같았다.

- **배경 묘사에서는 또한 시점 인물에 대한 어떤 사실이 드러나야 한다.** 시점 인물이 배경의 어떤 점을 눈여겨보는지, 이를 묘사하기 위해 어떤 표현을 사용하는지를 통해 시점 인물의 성격과 기분, 그 장소에 대한 태도까지 독자에게 전달해야 한다. 이를 잘 보여주는 예로 스콧 웨스터펠드가 쓴 『어글리』의 첫 문장을 살펴보자.

초여름의 하늘은 고양이의 토사물 색깔을 띠고 있었다.

- **구체적이고 명확한 명사를 사용한다.** 집이라고 말하는 대신 오두막, 저택 같은 단어를 사용한다.
- **힘이 약하고 정적인 동사 대신 힘이 강하고 동적인 동사를 사용한다.** 정적인 동사로는 '이다', '있었다' 같은 형태의 동사가 있다. 동적인 동사는 독자의 머릿속에 이미지를 불러일으키고 운동감을 생성한다. 이를테면 대부분의 경우 '거닐었다', '어슬렁거렸다' 같은 표현이 '걸었다'는 표현보다 더 효과적이다.

정적인 표현 날이 추웠다.
동적인 표현 차가운 공기가 새러의 뺨을 찔렀다.

- 시점 인물의 성격에 들어맞는 참신한 은유와 직유를 사용한

다. J. R. 워드J. R. Ward가 쓴 『갈망Crave』을 예로 소개한다.

"바로 여기야." 마을에 도착하자 매티아스가 말했다. 버려진 마을은 프렌들리 패밀리 레스토랑의 선디에 올려주는 캐러멜 빛깔을 띠고 있었다.

연습 #32

앞서 연습 과제에서 분석했던 세 편의 작품을 다시 한번 살펴보자. 그 작품들은 시간과 장소를 어떻게 설정하는가? 첫 장면 안에서 배경에 대한 묘사가 얼마나 등장하는가? 첫 번째 장면에서 묘사가 지나치게 길어 이야기가 수렁에 빠지는 것처럼 여겨지는 부분이 있는가? 배경을 묘사하는 데 어떤 명사와 동사를 사용하는가? 시각 외에 다른 감각을 활용하는가?

연습 #33

이제 지금 쓰고 있는 작품을 가지고 똑같이 분석을 해보자. 소설을 시작하고 가능한 한 빨리 시간과 장소를 설정했는가? 지나치게 묘사가 많은 탓에 속도가 느려지지는 않는가? 구체적인 명사와 동적인 동사를 사용하고 있는가? 시각 외에 다른 감각을 사용하는가? 시점 인물이 눈여겨보지 않을 법한 무언가를 묘사하며 시점을 위반하고 있지는 않은가? 이 장에서 설명한 목록을 참고하여 첫 장면을 고쳐 쓰라.

14장
임무 6

시점을 확립하는 법

우리가 같은 내용을 이해하고 있는지 확인하기 위해 시점에 대해 간략하게 정의를 내리면서 이 장을 시작하겠다. 시점Point of View이란 소설 전체, 혹은 적어도 소설의 일부를 이야기하는 화자의 관점을 가리킨다. 시점은 독자가 소설 속 사건을 보는 렌즈 같은 역할을 한다.

이 시리즈의 또 다른 글쓰기 안내서 『시점의 힘』에서는 시점에 대해 훨씬 더 자세하게 설명하고 있다. 여기에서는 이 책의 목적을 위해 하나만 이야기하고 넘어가도록 하겠다. 오늘날 장르 소설은 대부분 주인공의 시점으로 쓰인다. 1인칭 대명사(나)를 사용하는가, 3인칭 대명사(그 혹은 그녀)를 사용하는가가 달라질 뿐이다.

|1인칭 시점 혹은 3인칭 시점 |

소설을 쓰기 시작하기 전에 선택해야 하는 항목 중 하나는 어떤 시점에서 이야기를 풀어가야 하는가의 문제다. 1인칭 시점으로 쓸 것인지, 3인칭 시점으로 쓸 것인지 결정하라. 단일 시점으로 쓸 것인지, 다중 시점으로 쓸 것인지 결정하라. 다중 시점이란 예를 들어 두 명의 시점 인물 사이에서 왔다갔다하며 시점을 전환하는 것을 말한다.

1인칭 시점과 3인칭 시점에는 각각 나름의 장점과 단점이 있다. 1인칭 시점은 친밀하고 직접적인 시점으로 인물과 독자가 아주 가깝게 연결될 수 있다. 하지만 수많은 독자들이 1인칭 시점을 싫어한다. 나는 이렇게 된 데에는 1인칭 시점으로 소설을 쓰는 일이 언뜻 보기에는 쉬워 보이지만 실제로는 제대로 해내기가 아주 어렵다는 사실이 영향을 미쳤다고 생각한다. 많은 작가들이 1인칭 시점을 제대로 소화할 능력이나 1인칭 화자를 위한 충분히 강렬한 목소리를 창작해낼 기술을 갖추기도 전에 1인칭 시점으로 소설을 쓴다.

어떤 시점을 선택하든 자신이 선택한 시점에서 지켜야 할 규칙과 하지 말아야 할 규칙을 잘 파악하고 있는지 확인하라.

어떤 시점을 선택하는지는 쓰고 있는 소설의 장르에 따라 달라질 수 있다. 예를 들어 청소년 소설과 도시 판타지 소설에서는 1인칭 시점을 흔하게 사용하며 로맨스 소설 장르에서는 3인칭 시점이 우위를 차지한다.

| 시점을 확립하는 법 |

이야기가 시작되는 즉시 '언제'와 '어디서'를 설정해야 하는 것과 마찬가지로 가능하면 빨리 이 이야기가 '누구'의 이야기인지 확립해야 한다. 이상적으로는 바로 첫 문장에서 시점을 확립하는 것이 좋다. 나는 주인공의 시점에서 이야기를 시작할 것을 강력하게 권한다. 조연 인물의 시점에서 책을 시작한다면 독자는 당연히 그 인물을 주인공이라고 생각하게 될 것이다.

초보 작가들이 흔히 저지르는 큰 실수 중 하나는 시점을 분명하게 확립하지 않은 채 이야기를 시작하는 것이다. 독자가 그 배경을 함께 경험해야 하는 인물이 누구인지에 대해서는 언급하지 않은 채 날씨며, 장소며, 이야기 세계의 다른 세부 사항에 대해 몇 문단에 걸쳐 길게 묘사한다.

그러지 말고 독자에게 보여주는 모든 것을 주인공의 감각을 통해 걸러내어 표현하라. 시점 인물이 눈여겨볼 법한 세부 사항만을 언급하라. 인물의 머리와 마음속 깊이 들어가 인물이 무엇을 느끼는지, 무슨 생각을 하는지 알려주라. 하지만 길게 이어지는 내적 성찰의 문단으로 이야기의 발목을 잡지 않도록 주의하라. 여기에서 엘리자베스 문Elizabeth Moon이 쓴 『위험한 거래Trading in

Danger』의 서두를 살펴보자.

> 카일라라 바타는 사령관의 책상 위로 시선을 돌렸다. 플랫 카
> 피 한 장이 사령관 앞에 놓여 있었는데, 활자가 너무 작아 거
> 꾸로는 읽을 수가 없었다. 안 좋은 예감이 들었다.

저자는 두 번째 문장에서 카일라라의 눈을 통해 상황을 보게
만들면서 곧바로 우리를 주인공의 시점으로 데려간다. 세 번째
문장에서 우리는 좀 더 주인공에게 가깝게 다가가 카일라라의
감정을 공유한다. 우리는 사령관의 사무실이 어떤 모습을 하고
있는지 묘사를 듣지 못하고 플랫 카피가 무엇인지에 대해 설명도
듣지 못한다. 이런 묘사와 설명은 카일라라의 시점을 위반하는 것
이기 때문이다. 카일라라는 전에도 이 사무실에 와본 적이 있으며
물론 플랫 카피가 무엇인지도 알고 있기 때문에 이 장면에서 사
무실의 모습이나 플랫 카피에 대해 굳이 생각할 이유가 없다.

또한 시점 인물의 느낌과 생각에 대해 독자에게 '말하는' 대신
'보여주는' 것을 잊지 말자.

> **말하기** 그는 그녀의 자신감에 감탄했다.
> **보여주기** 그는 그녀가 고개를 높이 든 채 그의 옆을 활보하며
> 지나는 모습에서 눈을 떼지 못했다. 우와.

| 시점 전환 |

다중 시점을 이용하여 소설을 쓴다면 몇 가지 추가적으로 염두에 두어야 하는 사항들이 있다.

- **너무 빨리 시점을 전환하지 않는다.** 우선 독자가 이야기에 안착하고 한 인물과 유대감을 쌓을 어느 정도의 시간을 부여하라. 많은 작가들이 1장에서는 한 인물의 시점에만 머물고 2장을 시작할 때 다른 인물로 시점을 전환한다.
- **한편 시점을 처음으로 전환할 때 지나치게 지체하지 않는다.** 1막 안에서 다중 시점을 사용하고 있다는 사실을 확립해야 한다. 처음 50페이지 동안 한 인물의 시점에서만 이야기를 풀어 나간다면 그 책이 단일 시점이라는 기대가 형성된다. 그다음에 시점을 전환하면 독자는 혼란스러워 하고 말 것이다.
- **한 장면 안에서 시점을 전환하지 않는다.** 한 장면 안에서 시점을 전환하는 일을 '머리 넘나들기head-hopping'라고 하는데, 독자를 몹시 혼란스럽게 하는 일이다. 새로운 장이 시작되는 곳에서, 혹은 장면이 나누어지는 곳을 별표나 줄 바꾸기 등 시각적인 장치로 표시한 다음 시점을 전환하라.
- **시점을 전환할 때마다 새로운 시점 인물이 누구인지 즉시 알려준다.** 가능하다면 그 장면의 첫 문장에서 새로운 시점 인물의 머릿속으로 독자를 데려가려고 노력하라.

연습 #34

지금 쓰고 있는 소설과 같은 장르에서 세 편의 작품을 골라 살펴보자. 이 작품들에서는 어떤 시점을 사용하고 있는가? 1인칭 시점인가, 3인칭 시점인가? 그 장르에 유행하거나 선호되는 시점이 있는가? 책의 서두에서는 어떻게 시점을 확립하는가? 다중 시점을 사용한다면 하나의 시점에 얼마나 오래 머무르며, 어떤 방식으로 새로운 시점으로 전환하는가? 이 작품들에서 시점을 다루는 방식에서 무엇을 배울 수 있는가?

연습 #35

• 이제 지금 쓰고 있는 원고를 살펴보자. 어떤 시점을 선택했으며 그 이유는 무엇인가? 선택한 시점이 그 장르에 자주 쓰이는 시점인가? 주인공의 시점으로 책을 시작하는가? 시작하자마자 곧장 시점을 확립했는가? 다중 시점을 사용하기로 결정했다면 다른 인물로 시점을 전환하는 시기가 너무 이른가, 혹은 너무 늦는가?

• 아직 이야기를 구상하는 단계라면 어떤 시점을 사용할 계획인가? 1인칭 시점인가, 3인칭 시점인가? 단일 시점인가, 다중 시점인가? 누구의 시점으로 이야기를 시작할 생각이며, 그 인물의 시점에 얼마나 오랫동안 머무를 계획인가?

15장
임무 7

주인공의 목표와 위험 부담을 소개하는 법

4장에서 이미 언급했던 것처럼 능동적인 인물이 등장하는 서두는 독자를 이야기 안으로 끌어당긴다. 한편 수동적인 인물이 등장하는 서두는 지루하기 마련이다. 그렇기 때문에 책을 시작하는 장면에서 주인공에게 어떤 목표를 부여해야만 한다. 주인공이 지금 당장 원하는 것이 무엇인지 독자에게 알려주라. 내가 쓴 역사 로맨스 소설 『마음 깊은 곳에서 흔들려』의 서두를 살펴보자.

바로 오늘이 그날이다. 조식실로 향하는 동안 초조한 기운이 케이트의 등을 따끔따끔 찔러댔다. 케이트는 아침을 먹는 동안 차분히 앉아 있을 수 있기만을 바랐다. 어머니는 케이트가 안절부절못하는 꼴을 가만두고 보지 못했다. 케이트는 마호가니 식탁의 자기 자리에 앉아 은으로 된 냅킨 링에서 린넨 천을 꺼내 무릎 위에 펼쳤다.

"안녕히 주무셨어요, 어머니, 아버지."

"잘 잤니?" 아버지가 신문 너머로 눈길을 던지며 말했다.

운이 따른다면 케이트는 바로 저 신문에 실릴 사진을 직접 찍게 될 것이었다. 그 생각을 하자 자신도 모르게 마음이 들떴다.

여기에서 우리는 케이트가 무엇을 원하는지 곧바로 알 수 있다. 바로 신문사의 사진 기자가 되는 것이다.

| 이야기의 궁극적인 목표 vs 첫 장면에서의 목표 |

첫 장면에 등장하는 주인공의 목표가 책 전체에 걸쳐 주인공이 성취하기 위해 노력하게 될 이야기의 궁극적인 목표와 반드시 같을 필요는 없다. 이야기의 궁극적인 목표는 격변의 사건을 통해 촉발되는 목표며 주인공은 첫 번째 전환점을 지난 후에야 이 목표에 전념하게 될 것이다. 그렇기 때문에 이야기의 시작 장면에서 궁극적인 이야기 목표를 소개하는 것이 항상 가능하지만은 않다.

설사 그럴 수 있더라도 이야기의 궁극적인 목표를 소개하기 앞서 독자의 흥미를 돋우기 위해 주인공에게 무언가 원하는 것을 부여하라. 시작 장면에서의 목표는 상대적으로 작고 단순한 목표일 수도 있다. 내가 쓴 역사 로맨스 소설 『숨겨진 진실Hidden Truths』의 첫 장면에서 주인공은 자신이 일하는 면직 공장에 지각을 하지 않기 위해 서두른다. 주인공이 어떤 목표를 달성하는 과정은 주인공의 성격에 대해 작가가 '말해주지' 않고도 많은 것들을 독자에게 '보여줄' 것이다.

가능하다면 첫 장면에서 등장하는 작은 목표와 궁극적인 이야기 목표 사이에 연결 고리를 만들어도 좋다. 두 가지 목표가 모두 같은 욕구에 의해 발동되는가? 예를 들어 내가 쓴 로맨스 소설 『그저 보여주는 관계』의 첫 장면에서 주인공 클레어는 자신의 약혼 파티가 모든 면에서 완벽하기를 바란다. 이 장면에서의 목표는 궁극적인 이야기 목표는 아니지만 독자에게 클레어가 모든 것을 꼼꼼하게 관리하는 완벽주의자라는 사실을 보여준다. 책의 나중에 가서, 즉 2장의 끝부분에서 나오는 클레어의 목표는 자신이 쓴 관계에 대한 자기 계발서를 출간하기 위해 논픽션 출판사 편집자에게 자신이 행복한 관계를 유지하고 있다고 설득하는 것이다. 여기에서 궁극적인 이야기 목표와 시작 장면의 작은 목표는 같은 동기로 묶일 수 있다. 바로 모든 일에 완벽하고자 하는 클레어의 욕구다.

| 위험 부담을 확립하는 법 |

주인공이 궁극적인 이야기 목표를 중요하게 여기지 않는다면 독자 역시 중요하게 여기지 않는다. 목표에는 위험 부담이 따라야만 하며 그것은 주인공에게 중요한 무언가여야 한다. 목표를 달성할 때 주인공은 무엇을 얻게 되는가? 실패한다면 무엇을 잃게 되는가? 얻거나 잃게 되는 것이 반드시 삶과 죽음일 필요는 없다. 하지만 무엇이 걸려 있든 간에 주인공에게 아주 중요한 무언가여야 한다.

예를 들어 내가 쓴 초자연적 로맨스 소설『두 번째 본성』에서는 위험 부담이 크다. 변신수인 그리핀은 변신수 종족의 숨겨진 존재가 밝혀지는 일을 막기 위해 한 인간을 죽이려고 세상에 나온다. 변신수 종족의 존재가 밝혀진다면 이미 눈앞에 닥친 멸종의 위기가 한층 가까워질 것이다.

내가 쓴 현대 로맨스 소설『피해 대책』에서 위험 부담은 비교적 작지만 좀 더 미묘하다. 배우인 그레이스는 배우로서 일을 계속 해나가기 위해서 자신이 이성애자라고 대중을 설득해야 한다.

연습 #36

지금 쓰고 있는 소설과 같은 장르에서 세 편의 작품을 골라 살펴보자. 시작 장면에서 주인공은 어떤 목표를 가지고 있는가? 이 작품들은 목표를 어떤 방식으로 드러내는가? 궁극적인 이야기 목표가 밝혀지는 곳은 이야기의 어느 지점인가?(단서. 이야기에서 격변의 사건과 첫 번째 전환점을 찾아보라.) 목표를 달성하지 못할 때 주인공이 잃게 되는 것은 무엇인가?

연습 #37

· 이제 지금 쓰고 있는 원고를 살펴보자. 시작 장면에서 주인공에게 어떤 목표를 부여했는가? 목표가 없다면 바로 지금이 고쳐 쓸 기회다. 주인공의 궁극적인 이야기 목표는 무엇이며, 이 목표는 언제 밝혀지는가? 목표를 달성하지 못할 때 주인공이 무엇을 잃게 되는지 알 수 있는가?

· 아직 이야기를 구상하는 단계라면 시작 장면에서 주인공에게 어떤 목표를 부여할 계획인가? 책 전체에 걸쳐 주인공은 어떤 목표를 성취하기 위해 노력할 것인가? 실패할 경우 무엇을 잃게 되는가?

16장
임무 8

갈등을 일으키는 법

갈등의 부재는 내가 편집하는 원고에서 흔하게 보이는 문제점 중 하나다. 갈등은 이야기를 이끌어나가는 동력이다. 갈등이 없이는 이야기도 존재할 수 없다. 주인공이 아무런 노력도, 걱정도 없이 목표를 달성한다면 그 어떤 긴장감도, 서스펜스도, 인물의 성장도 존재하지 않을 것이다. 프로도가 아무런 고생도 하지 않고 그저 운명의 산까지 터벅터벅 걸어간 다음 화산의 깊은 용암 속에 반지를 떨어뜨렸다고 상상해보라. 톨킨이 그런 식으로 책을 썼다면 『반지의 제왕』은 아주 짧고 지루한 책이 되었을 것이다.

| 갈등이란 무엇인가 |

일부 사람들이 생각하는 것과 달리 갈등은 처음부터 끝까지 인물들이 서로 으르렁거리며 싸우는 것을 의미하지 않는다. 책에 전투 장면이나 말다툼 장면, 주먹다짐 장면을 반드시 넣어야 한다는 뜻도 아니다. 갈등은 주인공이 무언가를 원하는데, 누군가 혹은 무언가가 그 목표를 방해할 때 발생한다. 단순하게 공식으로 정리해 보면 이렇다.

여기에서 문자 그대로 쿵 소리와 함께 시작하는 로맨스 소설을 살펴보자. 앨리스 클레이턴Alice Clayton이 쓴 『월뱅어Wallbanger』다.

"아아."

쿵.

"아아, 좋아."

쿵, 쿵.

'이게 무슨…?'

"아아, 너무 좋아."

잠에서 깨어 방 안을 둘러보다 나는 낯선 광경에 잠시 혼란스러워졌다. 바닥에 널브러진 상자들. 벽에 기대어진 그림들.

캐롤라인이 새로운 아파트로 이사를 왔고 이웃에 아주 열정적이고 시끄럽게 성관계를 하는 사람이 살고 있다는 사정을 설명하는 대신 저자는 우리를 이 상황에 던져놓고 주인공과 함께 경험하게 만든다. 이 장면에서 캐롤라인의 목표는 단순하다. 밤에 잠을 푹 자는 일이다. 하지만 이웃 사람 때문에 도무지 잠을 이룰 수가 없다. 이것이 갈등이다.

| 시작 장면에서의 갈등 |

행복한 인물들과 모든 것이 제대로 돌아가고 있는 완벽한 세계가 등장하는 서두는 독자에게 그리 흥미롭게 다가가지 않는다. 이야기의 다른 모든 장면과 마찬가지로 시작 장면에서도 갈등이 필요하다. 소설을 관통하는 중심 갈등이 시작 장면부터 등장해야 할 필요는 없지만 앞서 앨리스 클레이턴의 『월뱅어』에서처럼 어떤 종류의 갈등이 있어야만 한다. 주인공이 일상 세계에서 어떤 문제를 해결하려고 노력하는 모습을 보여주라. 그 문제는 아주 작고 사소한 문제일 수도 있다. 예를 들면 주인공이 직장에 지각하지 않아야 하는데(목표), 교통 체증에 발이 묶인(장애물) 문제 같은 것이다.

무언가가 주인공이 바라거나 기대하는 대로 이루어지지 않는 모습을 보여주라. 이전 장에서 우리는 주인공에게 목표를 부여해야 한다고 배웠다. 갈등의 물꼬를 트기 위해 주인공이 그 목표를 달성하는 데 방해가 되는 장애물을 도입하라. 그다음에 주인공이 어떻게 반응하는지 독자에게 보여주라. 교통 체증에 발이 묶인 주인공이 화를 내며 다른 운전자에게 소리를 지르고 운전대를 마구 두드리는가? 낭패감에 사로잡혀 한숨을 내쉬며 바닐라라테를 홀짝이는가? 직장 상사에게 전화를 걸어 늦을 것 같다고 이야기하며 과하다 싶을 정도로 변명을 늘어놓는가?

소설의 첫 장면부터 이야기의 중심 갈등이 등장하지 않는다면 시작 장면에 그 중심 갈등을 암시하거나 중심 갈등과 어떤 식으로든 연관되어 있는 작은 갈등을 도입할 수 있는지 고려해보자. 예를 들어 '해리 포터' 시리즈의 1권은 해리와 볼드모트 사이의 중심 갈등으로 이야기를 시작하지 않는다. 1권의 서두는 더즐리 씨가 무언가 범상치 않은 일이 벌어지고 있다는 사실을 감지하는 장면으로 시작한다. 마을에 기이하게 옷을 차려입은 사람들이 나타나고 대낮에 부엉이들이 날아다닌다. 더즐리 씨의 목표는 다른 사람 앞에서 더즐리네가 완벽하게 정상적인 가족이라는 사실을 보여주는 것이다. 하지만 기묘한 일이 계속해서 벌어지고 수상쩍은 사람들이 처제와 그 남편인 포터 부부 이야기를 꺼내면서 이 목표는 위기에 처한다.

| 이야기의 중심 갈등 |

앞에서도 말했지만 소설의 첫 장면부터 이야기의 중심 갈등을 소개하는 것이 항상 가능한 것은 아니며 또 반드시 필요하지도 않다. 하지만 1막 안에서는 중심 갈등을 확립할 필요가 있다. 서두에서 주인공이 궁극적인 이야기 목표를 달성하는 데 무엇이 방해가 되는지를 보여주라.

예를 들어 내가 쓴 역사 로맨스 소설『마음 깊은 곳에서 흔들려』에서 케이트의 목표는 신문사에서 사진 기자로 일하는 것이다. 하지만 때는 1906년으로 신문사 편집자는 여자가 이런 종류의 일에 어울리지 않는다고 생각하며 부모님은 결혼 가능성이 낮아지기 때문에 케이트가 일하는 것을 원치 않는다.

| 갈등과 장르 |

미스터리 소설이나 스릴러 소설, 사변 소설 같은 플롯 중심의 이야기에서 중심 갈등은 언제나 주인공의 외부적인 주요 목표에 방해가 되는 장애물이다. 탐정은 사건을 해결하려 하지만, 연쇄 살인범은 영리하여 단서를 충분히 남기지 않는다.『반지의 제왕』에서 프로도는 반지를 파괴하고 싶지만, 사우론과 그의 부하들이 다른 장애물(늪, 날씨)과 더불어 프로도의 앞을 가로막는다.

로맨스 소설에서는 종종 여러 종류의 갈등이 등장하기 마련이다. 우선 두 주인공은 각각 나름의 외부적인 목표를 가지고 있으며 이 목표는 또한 각각 나름의 장애물에 부딪친다. 예를 들어 『그저 보여주는 관계』에서는 클레어의 약혼자가 약혼을 파기하면서 클레어가 자기 계발서를 출간하는 일이 암초에 부딪친다. 하지만 로맨스 소설에서의 궁극적인 목표는 언제나 진정한 사랑을 찾는 것이므로 중심 갈등은 사랑과 관련된 갈등, 즉 주인공들이 서로 사랑하는 데 방해가 되는 장애물이다. 가끔 주인공의 외부적 목표가 사랑의 장애물이 되기도 한다. 이를테면 사랑에 빠지게 될 두 사람이 직장에서 같은 자리를 두고 경쟁을 한다든가, 주인공 중 한 사람이 승진을 목표로 하고 있는데, 승진을 하면 곧 다른 도시로 이사해야 한다든가 하는 경우다. 하지만 대부분의 경우 사랑을 방해하는 중심 장애물은 인물 자신이 지닌 두려움과 과거의 상처가 될 것이다. 이는 인물의 내면에서 기인하기 때문에 내적 갈등이라고 불린다. 다음 장에서는 이 내적 갈등에 대해 좀 더 자세하게 살펴보도록 하자.

연습 #38

앞서 연습 과제에서 분석했던 작품 세 편을 다시 한번 살펴보자. '연습 #36'에서 어떤 목표를 찾아냈는가? 인물이 그 목표를 달성하는 데 방해가 되는 것은 무엇인가? 시작 장면에서 어떤 갈등이 등장하는가? 궁극적인 이야기 목표를 달성하는 데 방해가 되는 주요 장애물은 무엇인가?

연습 #39

- 이제 지금 쓰고 있는 원고를 분석해보자. 시작 장면에서 주인공의 목표를 방해하는 장애물은 무엇인가? 이야기의 중심 갈등, 즉 주인공이 이야기의 나머지 부분에 걸쳐 극복해야 하는 장애물은 무엇인가? 시작 장면에서, 그리고 이야기의 나머지 부분에서 갈등이 충분히 등장하는가?

- 아직 이야기를 구상하고 있는 단계라면 시작 장면에서 주인공의 목표를 방해하기 위해 어떤 장애물을 넣을지 생각해보자. 그리고 궁극적인 이야기 목표를 달성하는 데 주인공에게 방해가 될 만한 장애물 목록을 작성하라.

17장
임무 9

주인공의 인물 궤적을 수립하는 법

우리는 역동적인 인물에 매혹된다. 즉 이야기가 진행되는 동안 성장하고 변화하는 인물이다. 이들은 어떤 종류의 결점이나 두려움, 잘못된 신념을 가지고 이야기를 시작하지만 책의 마지막에 이르러 이런 결점을 극복한다.

| 인물 궤적이란 무엇인가 |

인물의 내적 여정을 인물 궤적character arc이라고 부른다. 인물 궤적이란 이야기가 진행되는 동안 인물이 겪게 되는 감정적 변화의 여정이다. 이야기 마지막에 이르러 인물은 이 변화를 바탕으로 자신의 목표를 달성하고 행복한 결말을 맞을 수 있게 된다.

| 인물 궤적을 수립하는 법 |

- 설득력 있는 인물 궤적을 만들기 위해서는 **변화의 필요성을 확립하고 독자에게 인물의 기준점을 보여주어야 한다.** 이상적으로는 이야기의 첫 장면에서 주인공의 결점 혹은 두려움을 밝히는 것이 좋다. 예를 들어 내가 쓴 로맨스 소설 『그저 보여주는 관계』의 첫 장면에서는 모든 일에 완벽하게 보이고 싶은 클레어의 욕구를 결점으로 보여준다. 책 초반에서 클레어는 상처입은 패배자처럼 보이고 싶지 않은 마음에 동료에게 새로운 사람을 만났다고 거짓말을 하면서 자신을 큰 곤경에 빠뜨린다.

- **그 결점은 본질적으로 중대한 결점이어야 한다.** 단지 몸가짐이 어설프다는 것처럼 깜찍한 결점이 아니어야 한다. 주인공은 절대 인정하지 않을지도 모르지만 그 결점은 주인공이 온전한 행복에 이르는 것을 막는 무언가여야만 한다.

- **독자에게 결점에 대해 '말하는' 대신 행동과 대화를 통해 결점과 두려움을 '보여준다'.** 독자에게 인물의 결점에 대해 일일이 설명하는 대신, 인물이 자신의 결점을 드러낼 수밖에 없는 상황에 처하게 만든 다음 독자가 그 장면을 통해 스스로 결론을 도출하도록 만들라.

- 작가는 그 결점 혹은 두려움이 어디에서 유래했는지 알고 있어야만 한다. 대부분 이는 인물의 배경 이야기와 관계가 있다. 예를 들어 어린 시절 혹은 과거의 연애에서 받은 심리적 상처 때

문일 수 있다. 하지만 1막에서 인물의 배경 이야기를 전부 다 털어놓고 싶은 유혹에 굴복해서는 안 된다. 지금으로서는 그저 **그 상처가 현재에 남긴 영향에 대해서만 보여주고 배경 이야기에 대한 설명은 나중으로 미룬다.**

- **2막을 미리 염두에 둔다.** 이야기의 2막에 들어서면 작가는 주인공이 자신의 잘못된 신념과 두려움, 결점과 직면할 수밖에 없는 장면을 창작해내야 한다. 내가 쓴 소설 『그저 보여주는 관계』에서 클레어는 가짜 연인 행세를 위해 고용한 배우와 대면한다. 라나는 실직 상태인 배우로 너저분한 성격에 과체중인데다 몸에 흉터와 문신이 가득하다. 한 마디로 말해 라나는 클레어가 상상할 수 있는 가장 완벽하지 못한 연인이다. 하지만 라나를 조금씩 알아갈수록 클레어는 완벽함이 과대평가된 가치라는 사실을 깨닫게 되고 자신의 불완전함을 받아들이는 법을 배운다.

연습 #40

앞서 연습 과제에서 분석했던 작품 세 편을 다시 한번 살펴보자. 이야기가 진행되면서 인물들이 변화를 겪는가? 책의 서두에서 어떤 결점과 두려움이 드러나는가? 이 세 작품은 인물의 결점과 두려움을 어떤 방식으로 드러내는가?

연습 #41

· 이제 지금 쓰고 있는 원고를 살펴보자. 주인공이 극복해야만 할 두려움이나 결점을 가지고 있는가? 만약 그렇다면 1장에서 이 두려움과 결점을 보여주었는가? 그렇지 않다면 변화를 위한 필요성을 확립하는 방법에 대해 생각해보라. '연습 #40'에서 발견한 기술 중에 적용할 수 있는 기술이 있는가?

· 아직 이야기를 구상하는 단계라면 주인공에게 어떤 결점이나 두려움을 부여할 계획인가? 1장에서 이 두려움이나 결점을 독자에게 어떤 방식으로 보여줄 것인가?

18장
임무 10

이야기의 결말을 암시하는 법

초고를 쓰는 동안에는 서두를 제대로 쓰려고 너무 신경 쓸 필요가 없다고 이야기한 것을 기억하는가? 가장 효과적인 서두는 결말을 염두에 두고 시작하는 서두다. 일단 이야기가 어떻게 끝날지 알고 있다면 그 이야기를 올바른 방식으로 시작하기가 한층 쉬워진다. 이야기의 서두는 결말을 어떤 식으로든 준비하고 암시해야 한다.

| 3막의 요소 |

서두(1막)와 마찬가지로 이야기의 결말(3막)도 여러 가지 부분으로 구성된다. 이 중에서 서두와 결말을 서로 연결하는 데 중요한 요소는 오직 두 가지뿐이다.

- **절정**: 주인공과 적대자(혹은 적대 세력)가 마지막 전투에서 서로를 마주한다. 바로 이 장면에서 주인공은 자신의 목표를 달성하는 데 성공하거나 실패한다. 혹은 그동안 내내 잘못된 목표를 추구해 왔다는 사실을 깨닫고 그 목표를 더 이상 원하지 않게 된다. 로맨스 소설을 비롯하여 인물 중심 소설에서는 대부분의 경우 '적대자'는 어떤 인물이 아닌 주인공 자신의 두려움 혹은 결점이다. 주인공은 이야기의 절정 장면에서 마침내 이 내면의 적을 극복하게 된다.
- **대단원**: 에필로그라고도 하는 대단원은 마지막 한두 장면을 통해 미진한 문제들을 해결하고 절정 장면 이후 주인공이 어떤 삶을 살고 있는지 보여준다.

| 서두와 결말을 연결하는 방법 |

여기에서 서두의 요소와 결말의 특정 요소를 어떻게 연결시킬 수 있는지 몇 가지 방법을 살펴보자.

- **절정 장면에서는 1막에서 제기한 이야기를 관통하는 중심 의문에 답을 제시해야 한다.** 탐정은 살인범을 붙잡을 수 있을 것

인가? 두 주인공은 마침내 행복한 연인이 될 것인가? 주인공은 외계인의 침공에서 지구를 구할 수 있을 것인가?

- **절정 장면에서 서두에 제시되었던 두려움 혹은 결점을 인물이 극복했다는 것을 증명한다.** 예를 들어 첫 장면에서 주인공이 고소공포증이 있어서 사다리를 오르지 못하는 모습을 보여줄 수 있다. 그리고 절정 장면에서 주인공이 두려움을 극복함으로써 곤경에서 벗어나는 모습을 보여준다.

- **시작 장면과 마지막 장면(대단원)이 몇 가지 공통점을 지니고 있을 수 있다.** 두 장면이 모두 같은 장소를 배경으로 하거나 주인공이 비슷한 상황에 처하는 것이다. 예를 들어 내가 쓴 역사 로맨스 소설 『숨겨진 진실』에서 첫 장면과 마지막 장면이 똑같은 문장으로 시작한다. "뛰어!"라고 주인공이 소리를 지르는 대사다.

- **마지막 장면의 어떤 요소는 시작 장면의 요소와 대조되기도 한다.** 시작 장면과 마지막 장면에 몇 가지 공통점이 있을지도 모르지만 여기에는 또한 차이점이 존재한다. 상황은 비슷해도 주인공이 변화했기 때문이다. 예를 들어 내가 쓴 로맨스 소설 『그저 보여주는 관계』에서 첫 장면과 마지막 장면은 모두 주인공의 약혼 파티가 시작되기 직전, 아직 손님이 도착하지 않은 순간을 배경으로 한다. 첫 장면에서는 클레어가 장식을 다시 배치하고 뷔페 음식을 가지고 부산을 떨며 모든 것이 완벽하게

보이도록 애를 썼다면 마지막 장면에서는 연회장 직원이 알아서 하도록 일을 맡긴다. 이야기가 진행되면서 겉으로 보이는 모습이 별로 중요하지 않다는 사실을 클레어가 배웠기 때문이다.

연습 #42

지금 쓰고 있는 소설과 같은 장르에서 세 편의 작품을 골라 시작 장면과 마지막 장면을 살펴보자. 두 장면이 어떤 방식으로든 서로 닮은 곳이 있는 가? 대조를 이루는 곳이 있는가?

연습 #43

· 이제 지금 쓰고 있는 원고를 살펴보자. 서두의 장면이 결말을 반영하는 한편 대조를 이루고 있는가? 절정 장면에서 이야기를 관통하는 의문에 대한 답을 제시하는가? 인물이 두려움 혹은 결점을 극복하는 모습을 보여주는가?

· 아직 이야기를 구상하는 단계라면 어떻게 서두와 결말을 연결시킬 수 있을지 방법을 생각해보자. 서두와 결말은 어떤 요소를 공통적으로 지닐 수 있는가? 어떤 요소를 다르게 만들어 주인공의 성장을 보여줄 것인가?

뛰어난 서두를 쓰기 위해
피해야 하는 일

3부에서는 훌륭한 서두를 쓰기 위해 필요한 모든 것을 설명했다. 4부에서는 서두를 쓰는 데 있어 작가들이 흔히 저지르기 쉬운 실수에 대해 설명할 것이다. 나는 최근 우리 출판사에서 검토한 원고 중에서 출간을 거절한 원고의 서두를 분석해보았다. 이 원고들의 서두에서 비슷비슷한 양상과 문제점들이 되풀이하여 나타났다.

4부에서는 이 원고들을 분석한 결과를 함께 공유하고 논의하려고 한다. 서두에서 가장 빠지기 쉬운 함정을 어떻게 찾아내고 어떻게 고쳐 쓸 것인지 설명할 것이다. 우선 서두에서 가장 흔하게 나타나는 문제점을 개략적으로 살펴본 다음 각각의 문제점에 대해 좀 더 자세하게 들여다보도록 하자.

[예외]

서두에서 가장 흔하게 나타나는 실수에 대해 설명하기 앞서 나는 어느 법칙에도 항상 예외가 존재한다는 사실을 언급하고 넘어가려고 한다. 내가 목록에 올린 각각의 실수를 아마도 베스트셀러 목록에 오른 작품에서 찾아볼 수 있을 것이다. 바로 이런 실수를 저지르고도 많이 팔린 책들이다. 첫 번째로 말해 두고 싶은 것은 그 책들은 아마도 그 실수 '덕분'이 아니라 그 실수에도 '불구하고' 많이 팔린 책일 것이라는 점이다. 두 번째로 어떤 작가들은 엄청난 재능을 가지고 있기 때문에 다른 대다수의 작가한테는 효과가 없을 법한 무언가를 제대로 소화해내기도 한다. 하지만 이미 베스트셀러 작가의 반열에 오른 것이 아니라면 우리가 할 수 있는 최선은 이런 실수를 피하는 것이다.

19장
이야기의 서두에서 가장 흔하게
나타나는 네 가지 실수

서두에서 빠지기 쉬운 함정을
피하거나 고치는 법

서두가 약하다는 이유로 퇴짜를 놓은 원고 더미를 살펴보니 서두에서 나타나는 실수를 네 가지 범주로 분류할 수 있었다. 바로 지나치게 느린 서두, 혼란스러운 서두, 오해를 사는 서두, 진부한 서두다.

이 네 가지 잘못된 서두는 원고가 지닌 여러 가지 문제에서 비롯될 수 있다. 이 잘못된 서두에 대해 개략적으로 살펴보도록 하자.

| 느린 서두 |

힘이 약한 서두 중에서 가장 질이 나쁘고, 가장 흔하게 나타나는 실수가 바로 서두의 속도가 지나치게 느리다는 것이다. 지나치게 느린 서두는 다음과 같은 원인에서 비롯될 수 있다.

- 정보 무더기로 이야기를 시작한다.
- 배경 이야기를 설명하며 이야기를 시작한다.
- 배경이나 날씨, 인물에 대한 장황한 묘사로 이야기를 시작한다.
- 이야기를 지나치게 일찍 시작한다.
- 지나치게 긴 내적 성찰로 이야기를 시작한다.
- 시작 장면에 갈등이 없다.
- 시작 문단에 낚시가 없다.
- 장황하다.

| 혼란스러운 서두 |

가끔 독자를 지루하지 않게 하기 위한 의도로 작가는 반대편의 극단을 선택한 나머지, 전후 맥락을 지나치게 잘라내며 독자를 혼란스럽게 만든다. 혼란스러운 서두는 종종 다음과 같은 원인의 결과다.

- 이야기를 지나치게 늦게 시작한다.
- 시작 장면에서 너무 많은 인물을 등장시킨다.

- 독자를 배경과 시간에 안착시키지 않는다.
- 곧바로 시점을 확립하지 않는다.
- 누가 말을 하고 있는지 모호한 대화로 이야기를 시작한다.
- 잘못된 문단 구조로 독자를 혼란스럽게 만든다.

| 오해를 사는 서두 |

내가 서두에서는 독자에게 약속을 해야 한다고 말한 것을 기억하는가? 이 약속을 어길 때 오해를 사는 서두가 초래된다. 오해를 사는 서두는 다음과 같은 원인에 의해 발생할 수 있다.

- 이야기의 나머지 부분 혹은 장르와 어울리지 않는 어조로 서두를 쓴다.
- 꿈 혹은 환상으로 이야기를 시작한다.

| 진부한 서두 |

우리가 피해야 할 네 번째 함정은 진부한 서두다. 진부한 서두의 예는 다음과 같다.

- 주인공이 잠에서 깨어 아침 일과를 시작하는 모습으로 이야기

를 시작한다.

- 주인공이 여행을 떠나는 모습으로 이야기를 시작한다.
- 외모를 묘사하기 위해 주인공이 거울을 보게 만들며 이야기를 시작한다.
- 주인공이 자신을 소개하며 이야기를 시작한다.
- 해당 장르에서 지나치게 남용되는 서두로 이야기를 시작한다. 예를 들어 청소년 소설에서 새 학년 첫날에 이야기를 시작한다. 로맨스 소설에서 주인공이 첫눈에 사랑에 빠지는 모습으로 이야기를 시작한다. 판타지 소설에서 중세 유럽풍의 배경으로 이야기를 시작한다.

이 중에서 어떤 실수를 저질렀다 해도, 혹은 네 가지 실수를 모두 저질렀다 해도 걱정할 것 없다. 나도 글을 써오는 동안 이 실수들을 대부분 저질렀다. 다행인 것은 이 실수들은 전부 고칠 수 있다는 것이다. 다음 장들에서 어떻게 이 실수를 고쳐 쓸 수 있는지 상세히 살펴보도록 하자.

연습 #44

이 페이지에 책갈피를 끼워두라. 이 안내서의 4부를 다 읽고 난 다음 이 장의 목록을 기준으로 삼아 서두에 나타나기 쉬운 실수를 저지르지 않았는지 확인하라.

20장
지나치게 느린 서두 1

정보 무더기를 피하는 법

지나치게 느린 서두는 서두를 쓸 때 가장 저지르기 쉬운 실수인 한편 아마도 책이 팔리지 않는 가장 첫 번째 이유일 것이다. 온라인 서점에서 어떤 책의 미리보기를 읽을 때 서두가 늘어진다면 독자는 이야기의 나머지 부분도 마찬가지로 지루할 것이라고 판단하고 다른 책을 구경하러 갈 것이다.

물론 무엇이 '지나치게 느린' 것인지는 쓰고 있는 책의 장르에 따라 달라진다. 액션 장면으로 가득한 스릴러 소설이라면 인물 중심의 역사 소설이나 판타지 서사 소설보다 당연히 한층 속도감이 빠른 서두가 필요하다. 나는 여러분이 지금 쓰고 있는 소설과 같은 장르의 책들을 광범위하게 읽어볼 것을 권한다. 그러면 대상 독자층이 선호하는 속도를 파악할 수 있을 것이다. 지금 쓰고 있는 장르에서 베스트셀러와 각종 수상 작품, 평점이 높은 작품을 확인해보라. 독자가 그 장르에서 무엇을 기대하는지 한층 잘 이해할 수 있을 것이다.

그렇다면 서두를 지나치게 느리고 지루하게 만드는 원인은 무엇인가? 각각의 장이 너무 길어지는 것을 막기 위해 이 장에서는 느린 서두를 초래하는 가장 흔한 원인인 정보 무더기에 초점을 맞추어 살펴보고 다음 장에서는 그 외의 다른 원인들에 대해 살펴볼 것이다.

| 정보 무더기 |

어떤 작가들은 정보를 나열하는 기나긴 문단으로 책을 시작한다. 독자가 이야기를 이해하기 위해 알아야 할 필요가 있다고 생각하는 정보를 담은 문단이다. 이를 정보 무더기라고 부른다. 대부분의 경우 우리는 정보 무더기를 다음과 같은 형태로 찾아볼 수 있다.

- **인물에 대한 배경 정보,** 인물의 과거, 인물이 어떻게 이 상황에 처하게 되었는지에 대한 설명
- 장황한 **배경 혹은 날씨에 대한 묘사**
- 장황한 **인물에 대한 묘사**

- 역사나 정치, 기술, 마법의 작용 원리 등, **이야기 세계에 대한 설명**

SF, 판타지, 역사 소설은 특히 정보 무더기가 나타나기 쉬운 장르다. 이 장르의 작가들은 자료 조사와 세계관 형성에 엄청나게 공을 들이며 작품을 쓸 때 자신이 노고를 쏟은 결과물을 독자와 함께 나누고 싶어 한다.

수많은 고전 문학 작품의 서두에서도 정보 무더기를 쉽게 찾아볼 수 있다. 이전 시대의 작가들은 서두에서 풍경에 대한 묘사를 길게 늘어놓거나 가끔은 인물이 태어났을 무렵까지 거슬러 올라가는, 인물의 과거에 대한 세세한 정보를 나열하며 소설을 시작했다. 하지만 지금은 시대가 다르다. 오늘날의 독자는 본격적인 이야기에 도달하기 앞서 기나긴 정보 무더기를 헤치고 지나갈 만큼 인내심을 가지고 있지 않다.

| 정보 무더기의 문제점 |

정보 무더기의 문제점은 정적이고 지루하다는 것이다. 여기에는 '말하기'만 있을 뿐 '보여주기'가 없다. 독자를 낚고 매혹시킬 만한 아무런 사건도 벌어지지 않는다. 인물이 행동하지도, 서로 상호작용하지도 않으며, 대화도 하지 않는다. 그 대신 작가가 정보를 중계할 뿐인데, 이것은 독자가 소설에 바라는 바가 아니다. 독자는 정보를 얻기 위해서가 아니라 재미를 느끼기 위해 소설을 읽는다. 독자는 이야기를 원한다. 그러므로 독자 앞에 이야기를 펼치기 전에 정보와 묘사로만 가득한 반 페이지를 읽으라고 강요해선 안 된다.

정보 무더기가 등장할 때마다 이야기는 앞으로 나아가는 기세를 잃는다. 마치 작가가 불쑥 끼어들어 플롯을 끼익 하고 멈춰 세우고는 이렇게 말하는 셈이다. "잠깐만 기다려 봐, 이야기를 시작하기 전에 내가 한 가지만 설명하고 넘어갈게…."

| 정보를 독자에게 전달하는 법 |

정보 무더기가 그렇게 안 좋은 것이라면 독자가 이야기를 이해하기 위해 필요한 정보를 어떻게 전달하면 좋단 말인가? 여기에서 독자에게 정보를 전달하는 몇 가지 요령을 설명한다.

- **불필요한 정보를 배제한다.** 이야기 안에 끼워 넣는 모든 정보에 대해 스스로 질문을 던지라. 독자가 이야기를 이해하기 위해 반드시 필요한 정보인가? 이 세부 사항이 이야기를 앞으로 이끄는가? 이 정보를 빼면 독자가 혼란에 빠지는가?
- **각각의 정보를 드러낼 최적의 시기를 선택한다.** 정보 전달에

있어 일반적인 규칙은 늦게 밝힐수록 더 좋다는 것이다. 소설의 첫 장에는 가능하면 설명을 넣지 않도록 노력하라. 스스로 질문을 던지라. 지금 당장 독자에게 이 정보가 필요한가, 아니면 좀 더 나중에 전달해도 되는가? 지금 당장 이 의문점을 해결해주지 않으면 독자가 실망할 것인가?

- **독자를 신뢰한다.** 독자는 작가가 생각하는 것만큼 이야기를 이해하기 위해 많은 정보를 알 필요가 없다.
- **세부 사항을 여기저기 조금씩 흩뿌려둔다.** 독자가 스스로 이야기의 퍼즐을 끼워 맞추도록 만들면서, 긴 정보 문단을 수동적으로 받아들이는 대신 적극적으로 이야기에 참여하도록 유도하라.
- 이야기를 멈추고 정보를 전달하는 대신 **정보를 이야기의 일부로 엮어 넣는다.** 예를 들어 이야기 세계에서 무기 기술의 작동 원리에 대해 몇 문단에 걸쳐 설명하지 말고, 인물이 그 문제의 무기를 사용할 때 독자가 작동 원리를 짐작할 수 있도록 실마리를 제공하라.

알린은 자신의 디스럽터에서 카리자트 수정을 확인하고 수정들이 호박색으로 빛나는 모습을 보고 안심했다.

| 배경 이야기 |

가장 흔하게 나타나는 정보 무더기의 유형으로는 배경 이야기가 있다. 배경 이야기란 소설의 첫 문장 이전에 일어난 모든 사건을 아울러 가리킨다. 여기에는 이야기 세계의 역사를 비롯하여 인물의 어린 시절과 청소년기, 가족사, 과거의 연인 관계, 오래된 상처 같은 인물 배경이 포함된다.

| 배경 이야기의 문제점 |

배경 이야기는 물론 중요하다. 작가라면 현재의 인물이 과거에 어떤 경험을 겪었으며 어떻게 지금의 모습이 되었는지 반드시 잘 알고 있어야만 한다. 과거의 경험이 현재 인물의 행동에 영향을 미치기 때문이다. 하지만 그렇다고 해서 소설을 시작하고 처음 3장 안에 인물의 인생사를 모조리 털어놓아야 하는 것은 아니다.

다른 정보 무더기와 마찬가지로 배경 이야기를 설명하는 정보 무더기 또한 이야기가 앞으로 나아가는 기세를 멈춘다. 이를 잘 보여주는 예를 살펴보자.

새러는 긴 의자에 앉아 다리를 뻗고는 공원을 둘러보았다. 두 노인이 체스를 두고 있었다. 젊은 여자가 개에게 프리즈비를 던져 주었고 몇몇 아이들이 깔깔거리며 야구공을 쫓아 달렸다.

땅, 하고 방망이로 야구공을 때리는 소리가 울리자 어린 시절의 기억이 떠올랐다. 새러는 손을 들어 이마에 난 작은 흉터를 만져보았다. 야구공에 맞은 흉터다. 다섯 살인가, 여섯 살 무렵, 아마 그보다는 나이가 많지 않았을 것이다. 새러는 야구를 하기로 마음을 먹고 오빠들한테 야구 시합에 끼워달라고 부탁했다. 오빠들은 언제나 싫다고 새러를 내쳤지만 그날만은 달랐다….

인물의 배경 이야기가 등장하면서 현재의 사건이 뚝 끊어지고 우리는 현재 어른이 된 새러에 대해 제대로 알 기회도 없이 갑자기 어린 새러가 등장하는 또 다른 이야기 속으로 던져진다.

소설의 서두에서 배경 이야기를 길게 늘어놓는 일은 이야기가 앞으로 나아가는 기세를 멈추는 것 외에도 여러 가지 이유로 문제를 일으킨다.

• **독자가 듣고 싶은 것은 이야기지, 배경 이야기가 아니다.** 독자는 바로 지금 여기에서 벌어지는 사건에 몰입하고 싶어 한다. 과거에 일어난 일에 대해 알고 싶은 것이 아니다. 정의에 따라 배경 이야기는 전부 과거에 일어난 일을 의미하며 배경 이야기에는 독자가 몰입할 수 있는, 현재 책장 위에서 벌어지고 있는

활동이 없다.

- **독자가 인물의 과거에 흥미를 가지기 위해서는 우선 그 인물을 좋아해야 한다.** 인물에게 아직 관심이 없는데, 그 인물에 대해 지나치게 많은 정보를 듣는 일은 귀찮게 여겨질 수 있다. 마치 파티에서 어떤 사람을 처음 만났는데, 그 사람의 이름을 알 기회도 없이 그 사람이 자신의 인생 이야기를 구구절절 늘어놓는 것과 비슷하다. 인물의 배경 이야기를 늘어놓기 전에 우선 독자가 현재의 인물과 유대감을 쌓을 수 있도록 하라.
- **과도한 배경 이야기는 이야기의 신비감과 궁금증을 망친다.** 인물을 서서히 알아가며 그들의 과거를 발견해나가는 것은 독서의 즐거움 중 하나다. 앞에서도 설명했지만 독자가 계속해서 책장을 넘기는 이유는 답이 주어지지 않은 의문의 답을 알기 위해서다. 모든 정보를 솔직하게 밝혀버린다면 독자가 계속해서 책장을 넘길 이유가 사라진다.

| 배경 이야기를 전달하는 법 |

하지만 배경 이야기는 중요하기 때문에 이야기의 어느 시점에서는 배경 설명을 끼워 넣어야 한다. 여기에서는 이야기가 앞으로 나아가는 기세를 멈추지 않고, 혹은 위에서 언급한 어떤 문제도 일으키지 않고 어떻게 배경 이야기를 전달하는지에 대

한 몇 가지 요령을 설명한다.

- **1장에서는 배경 이야기를 배제한다.** 소설의 첫 장에서는 지금 여기 현재에 초점을 맞추고 배경 이야기는 나중으로 미루라.
- **인물이 어떤 사정으로 인해 현재의 상황에 처하게 되었는지 굳이 설명하지 않는다.** 나중에 가서 설명을 여기저기에 조금씩 흩뿌려놓으라. 지금 당장 독자가 이 정보를 반드시 알아야 한다고 생각한다면, 이야기를 적절한 장소에서 시작하고 있는지 다시 한번 고민하라. 독자를 사건이 벌어지는 장면으로 데려가기 전에 전후 맥락을 보여줄 만한 문단이 필요할지도 모른다.
- **빙산 원칙을 사용한다.** 빙산은 대부분 수면 아래에 숨어 있고 우리는 오직 그 꼭대기만을 볼 수 있다. 인물의 배경 이야기도 이와 같아야 한다. 작가가 인물에 대해 아는 사실들은 대부분 숨겨져 있어야만 한다. 작가가 아는 모든 정보가 이야기 안에 들어갈 필요는 없다.
- **꼭 필요하지 않은 배경 이야기는 모두 뺀다.** 모든 배경 이야기에 대해 스스로 질문을 던지라. 이 장면에서 무슨 일이 벌어지는지 이해하기 위해 독자가 이 정보를 반드시 알아야만 하는가? 인물의 현재 행동을 이해하기 위해서 반드시 필요한 경우에만 독자에게 인물 배경을 설명하라. 예를 들어 '해리 포터' 시리즈에서 해리가 볼드모트를 물리치는 일에 왜 그토록 헌신

하는지 이해하기 위해서는 볼드모트가 해리의 부모님을 죽였다는 사실을 알아야만 한다.

- **어떤 물건이나 현재의 행동, 신체적 특징을 통해 배경 이야기를 암시한다.** 배경 이야기는 종종 직접 설명하는 대신 간접적으로 암시할 수 있다. 예를 들어 인물의 흉터로 과거의 사고를 암시할 수 있고 책장 위에 놓인 사진으로 인물이 젊은 시절 전 세계를 두루 여행했다는 사실을 보여줄 수 있다. 누군가 목소리를 높일 때마다 인물이 흠칫 놀란다면 독자는 인물이 과거에 어떤 식으로든 학대를 받은 적이 있다고 추측하게 될 것이다.

- **배경 이야기를 현재 사건의 일부로 만든다.** 예를 들어 인물의 과거에 대해 말하는 대신 인물을 헤어진 연인과 만나게 할 수 있는가? 인물이 전 연인과 서로 상호작용하는 모습을 통해 독자가 그들의 관계에 대해 스스로 결론을 이끌어내도록 만들 수 있는가?

- **이야기를 진행시키면서 인물 배경 정보를 조금씩 이야기 안에 엮어 넣는다.** 한 페이지 전체에 걸쳐 인물이 과거를 회상하게 하지 말고 인물의 배경 정보를 여기저기에 한두 문장으로 끼워 넣는다. 이렇게 하면 독자는 현실에서 사람들을 알아나가는 것과 마찬가지 방식으로, 즉 조금씩 서서히 인물을 알아나갈 수 있다.

- **현재 이야기에 배경 이야기를 떠올릴 만한 계기를 만들어 넣**

는다. 인물이 과거를 떠올릴 만한 합당한 이유를 마련하라. 예를 들어 주인공은 시나몬 냄새를 맡고 할머니가 만들어주던 쿠키를 떠올릴 수 있다.

- **배경 이야기를 자연스럽게 끼워 넣을 수 있는 장소를 찾는다.** 항상 스스로 질문을 던지라. 인물이 지금 당장 이 일에 대해 떠올리는 것이 자연스러운가? 혹은 지금 이 배경 이야기를 끼워 넣는 것은 사실상 시점을 위반하는 일이 아닌가? 인물이 화가 난 채, 이미 전에 수백 번이나 가보았던 상사의 사무실로 쳐들어간다면, 상사가 자신을 처음 고용했던 날에 대해 떠올리지는 않을 것이다. 그보다 인물은 지금 화가 난 이유에 생각을 집중하게 될 것이다.

- **서두에서 회상 장면을 사용하지 않는다.** 회상 장면은 과거의 사건을 보여주는 한 가지 방법이 될 수 있지만 나는 이 기술을 책의 1막에서는 쓰지 말고, 나중에 가서 사용할 것을 권한다(굳이 사용하려 하는 경우에). 그 이유에 대해서는 26장에서 좀 더 자세히 설명할 것이다.

- **배경 이야기를 조금씩 밝히며 독자를 낚는 데 이용한다.** 답이 밝혀지지 않은 의문은 좋은 것이라는 사실을 명심하라. 그 답을 알아내기 위해 독자는 계속해서 책장을 넘긴다. 인물이 어떤 행동을 했을 때 왜 그런 식으로 행동을 했는지 독자에게 모든 정보를 제공해야 한다고 생각하지 말라. 답을 제시하는 일

을 미루고 독자에게 궁금증을 불러일으키라. 그렇게 하면 마침 내 배경 이야기를 조금 밝혔을 때 독자는 좀 더 많은 정보를 알고 싶어 할 것이다. 인물 배경에 대해 감질날 정도로 조금씩만 밝히는 방식으로 독자가 계속 더 많은 정보를 원하게 하라. 이를 잘 보여주는 예로 내가 쓴 로맨스 소설 『룸메이트 협정』의 첫 장면을 살펴보자. 독자는 여기에서 주인공 중 한 명인 래를 처음으로 만나게 된다.

래는 눈을 가늘게 뜨고 펀존의 정문 너머에 깔린 어둠을 응시했다. 줄을 서 있는 사람들을 감시하려고 애를 썼지만 번쩍이는 네온사인의 불빛이 눈에 거슬렸다. 쇼가 끝나는 밤늦은 시간에 운전을 해서 집으로 돌아갈 일이 벌써부터 걱정이었다. 하지만 LA의 대중교통은 래의 밤 시력만큼이나 형편없었기 때문에 달리 선택할 수 있는 방법이 없었다.

　젠장. 코미디 클럽에서 걸어서 다닐 수 있는 거리에 아파트를 구해야만 했다.

　'구할 수 있을 리가 없잖아. 그만 투덜거리고 일에 집중해.'

　"신참, 안녕?"

　보이지 않는 곳에서 불쑥 들려온 목소리에 래의 심장박동이 급상승했지만 래는 자신이 놀랐다는 사실을 티 내지 않으려고 안간힘을 쓰며 가만히 고개를 돌렸다.

동료 중 한 명인 브랜던 지머맨이 래의 시야에 들어왔다. 그는 정문 앞, 래의 바로 옆자리에 자리를 잡고 섰다.

독자에게 래가 한쪽 눈의 시력을 잃었다는 사실을 설명하고 어쩌다 그렇게 되었는지 사정을 말해주는 대신 나는 래의 시력에 어딘가 이상한 데가 있다는 사실을 암시적으로 보여준다. 책을 계속 읽어나가면 독자는 래의 시력에 무슨 문제가 있는지, 무슨 일이 있었는지 알게 될 것이다.

- **대화를 활용하여 배경 이야기를 드러낸다.** 어떤 인물이 다른 인물의 과거에 대해 대화를 나누게 만드는 방식으로 독자가 인물의 과거를 슬쩍 들여다보게 만들라. 하지만 그 정보가 해당 장면에서 자연스럽게 이야기할 법한 정보인지 부디 확인하길 바란다. "알잖아요, 밥." 이런 부류의 대화를 지양하라. '알잖아요, 밥 대화'란 인물들이 이미 알고 있는 사실에 대해, 다만 작가가 독자에게 정보를 전달하기 위한 목적으로 이야기를 나누는 대화를 가리킨다. 그 정보를 아직 알지 못하는 인물을 등장시키고 그 인물에게 질문을 던질 합당한 이유를 마련하라. 내가 쓴 소설 『숨겨진 진실』의 일부를 살펴보자.

"핀이라고 불러주세요." 그는 여자의 손을 잡아 자신의 팔꿈치 안쪽에 끼우고는 여자를 잡아끌며 울타리를 따라 발걸음을 옮겼다. "피니어스라고 불릴 때마다 아버지가 등 뒤에 서 있는 기분이 들거든요."

"그게 싫은가 봐요." 리카가 물었다.

"네. 아버지는 정말 개자식이었거든요." 그의 얼굴이 창백해졌다. "아, 말을 험하게 해서 미안합니다."

- **배경 이야기를 유대감을 쌓는 소재로 활용한다.** 특히 로맨스 소설에서 한 인물이 다른 인물에게 자신의 과거에 대해 털어놓게 하면 두 사람 사이에 신뢰가 싹트고 있다는 사실을 보여줄 수 있다. 하지만 이런 일이 자연스러운 속도에 맞추어 일어나도록 유의하라. 서로 대화를 나눈 적이 두 번밖에 없는 사람에게 자신의 가장 깊은 비밀을 알려주지는 않을 것이다.
- **갈등을 덧붙인다.** 어떤 인물이 자신의 과거를 밝히기 꺼리게 만든 다음 다른 인물에게 그 인물의 과거를 파헤치도록 한다면 배경 이야기를 알아내는 과정이 독자에게 한층 흥미롭게 여겨질 것이다.
- **감정적인 장면에서 배경 이야기를 드러낸다.** 감정이 고조된 상황에서 배경 이야기를 등장시켜 배경 이야기를 좀 더 흥미롭게 만들라. 예를 들어 독자에게 인물의 어머니가 알코올 중독자며 동생이 어머니를 돌보지 않는다는 사실을 말하는 대신 두 자매가 서로 논쟁하는 모습을 보여줄 수 있다.

"웃기지 마, 엄마는 항상 언니만 편애했잖아!"

"편애했다고? 무슨 소리야! 나는 그저 엄마 옆에 있던 딸이었을 뿐이야! 엄마가 취해서 집에 오면 침대에 눕혀준 사람이 나였어. 토한 걸 치운 사람도 나야!"

"그래, 그래, 알겠다니까? 언니는 착한 딸이라는 거잖아. 나는 나쁜 딸이고."

장황한 묘사

배경이나 날씨, 인물을 장황하게 늘어놓는 묘사 또한 이야기의 발목을 잡아끄는 정보 무더기의 한 형태다.

장황한 묘사의 문제점

물론 13장에서 설명했던 것처럼 시간과 장소를 규정하는 일은 중요하다. 하지만 독자에게 지나치게 많은 세부 사항을 전달하려 한다면 독자는 질려버릴 것이고 이야기는 수렁에 빠질 것이다.

또한 장황한 묘사로 소설을 시작한다면 독자가 인물과 유대감을 쌓을 기회가 사라진다. 대다수의 독자는 해넘이의 시적인 묘사를 읽고 싶어서가 아니라 감정을 경험하기 위해 책을 읽는다.

배경과 인물 묘사 또한 대부분 정적이기 마련이다. 묘사 문단에서는 독자를 이야기 안으로 몰입시킬 만한 사건이 펼쳐지지 않는다. 역동적인 움직임이 없어 그저 정적인 일상이 흐를 뿐이다.

| 배경을 묘사하는 법 |

여기에서는 이 모든 문제를 피하면서 배경 묘사를 가능한 한 강렬하게 만들어줄 몇 가지 요령을 설명한다.

- 13장에서 이미 설명했던 것처럼 **시작 문단에서는 독자가 시간과 장소에 안착할 수 있을 만큼의 정보만을 제공한다.** 생생한 세부 사항만을 선택하고 나머지 부분은 생략하거나 나중을 위해 남겨두라.
- **배경을 묘사하는 동안 이야기를 멈추지 않는다.** 한 인물이 방에 들어갈 때마다 그 방의 가구를 묘사하느라 움직임을 멈추어서는 안 된다. 묘사를 행동의 일부로 포함하라. 인물이 배경을 돌아다니며 배경과 상호작용하게 만들라.

행동을 멈추는 정적인 묘사 왼쪽에는 커다란 책장이 있고 우묵하게 파인 자국이 난 책상이 방 안쪽을 차지하고 있었다. 바닥에는 플러시 천으로 된 버건디빛 카펫이 깔려 있었다.

행동의 일부인 동적인 묘사 방의 왼쪽에 우뚝 선 책장 옆을 지날 때 발이 버건디빛 카펫에 파묻혔다. 마크는 책상 앞에서 발을 멈추고 우묵하게 패인 자국을 손가락으로 어루만졌다.

- **특이한 세부 사항을 활용한다.** 길고 소모적이고 모든 것을 다 포함하는 배경 묘사를 피하라. 그 대신 특이한 세부 사항을 세 가지만 골라내라. 이 사무실이 다른 사무실과 다른 점은 무엇인가? 이 거실이 다른 거실과 다른 점은 무엇인가?
여기에서 낸시 크레스Nancy Kress가 쓴 『내일의 친족Tomorrow's Kin』의 서두 문단을 예로 살펴보자.

논문 출간 기념회는 영광스럽게도 학장의 사무실에서 열렸다. 떡갈나무 판을 끼운 벽, 작은 잔에 담긴 셰리주, 사각형의 안뜰을 내려다보는 작은 창유리가 붙은 창문. 이 방은 옥스퍼드나 캠브리지 같은 서민 계급의 방처럼 보이려고 애쓰고 있었지만 그 노력은 몇 세기쯤 늦었다.

저자는 학장실의 모습을 일일이 설명하고 있지 않지만 저자가 선택한 세 가지 세부 사항을 통해 그곳의 생생한 이미지를 전달한다. 또한 저자가 이 책이 미래를 배경으로 하고 있다는 사실을 솜씨 좋게 알려주는 부분을 눈여겨보라.

- **긴 묘사 문단을 잘게 쪼개어 행동 사이사이에 조금씩 엮어 넣는다.** 지금 당장 시점 인물이 알아차릴 법한 세부 사항과 나중에 알아차릴 법한 세부 사항이 무엇이지 생각해보라.
- **날씨에 대해 이야기하거나 풍경을 묘사하며 책을 시작하지 않는다.** 첫 문장에서 날씨와 배경을 묘사한다면 바로 다음 문장에서 인물을 등장시켜 배경과의 관계를 알려주고 묘사에 대한 감정적인 반응을 보여주어 독자가 인물에게 공감할 수 있게 만들라. 이를 보여주는 예를 살펴보자.

재가 마치 회색 눈송이처럼 하늘에서 떨어져 내렸다. 새러는 타임스퀘어의 한복판에서 걸음을 멈추고는 눈을 가늘게 뜨고 회색빛 재를 올려다보았다. 대체 이게 무슨 일일까?

- **대화 안에 묘사를 슬쩍 끼워 넣는다.** 예를 들어 호텔방을 둘러보는 인물에게 이렇게 말을 하게 만드는 것이다. "와, 나는 이보다 더 큰 벽장도 본 적이 있어."

| 인물을 묘사하는 법 |

인물을 묘사할 때도 배경을 묘사할 때와 똑같은 문제들이 발생하기 쉽다. 여기에서 인물 묘사를 다루는 법에 대해 몇 가지 요령을 설명한다.

- **배경 묘사와 마찬가지로 새로운 인물이 등장할 때마다 이야기를 멈추지 않는다.** 인물의 머리부터 발끝까지 묘사하거나 머리카락색과 눈동자색, 옷차림에 대해 기나긴 목록을 만들어 읊는 대신 한두 가지 흥미로운 세부 사항만을 언급하고 다음으로 넘어가라. 다른 세부 사항에 대해서는 이야기의 나머지 부분에 조금씩 흩뿌려놓는다.

- **시점 인물이 멀리에서도 눈여겨볼 수 있는 세부 사항으로 묘사를 시작한다.** 그리고 시점 인물이 그 인물에 가까이 다가갔을 때 눈 빛깔이나 눈에 띄는 사마귀 같은 세부 사항을 드러내라.

- **단순히 외모만을 묘사하는 것이 아니라 인물의 성격이나 직업, 다른 인물 배경을 보여줄 수 있는 신체적 특징을 묘사한다.** 예를 들어 어떤 인물은 자신의 큰 키를 불편하게 여기기 때문에 구부정한 자세로 걸을 수 있다. 혹은 발레를 배웠기 때문에 아주 반듯한 자세를 유지할 수도 있다.

- **인물 묘사가 시점을 위반하지 않도록 주의한다.** 나는 최근에 한 문단 전체에 걸쳐 시점 인물의 머리칼에 대해 묘사하며 소설을 시작하는 원고를 편집한 적이 있다. 사람들은 평소에 자신의 외모에 대해 그 정도로 생각하지 않으므로 시점 인물이 자신의 외모를 묘사하게 만드는 일을 피하라. 외모를 묘사하고

싶다면 인물이 자신의 외모에 대해 생각할 만한 설득력 있는 이유를 부여하라. 예를 들면 인물이 데이트를 하러 간다든가, 직장 면접을 보러 간다든가, 새로 머리를 했는데 아직 새로운 머리 스타일에 익숙해지지 않았다든가 하는 이유다. 또한 사람들은 대부분 자신과 친한 사람들의 외모에 대해서도 잘 생각하지 않는다. 그러므로 아래의 예는 시점 위반으로 전지적 시점으로 전환되거나 작가의 개입이 들어가버린 것이다.

톰의 키는 193센티미터였는데, 아버지는 톰보다 키가 더 컸다. 하지만 우람한 체형은 아니었다. 아버지는 파란 눈에 금발로, 겨울에도 반바지를 입고 다니는 남자였다.

아버지의 외모를 독자에게 알려주고 싶다면 창의적인 방법을 궁리해야만 한다. 일례로 톰의 아버지가 방으로 들어설 때 문가에서 몸을 구부정하게 숙이게 만들어 그의 키가 크다는 사실을 암시할 수 있다. 혹은 몇 달 만에 아버지를 만난 톰이 아버지의 금발 머리칼이 회색으로 세었다는 사실을 알아차리게 만들 수도 있다. 하지만 아버지의 외모가 전과 다름없다면 톰은 새삼 아버지의 외모에 대해 생각하지 않을 것이다.

- 앞의 요령과 더불어 **묘사하는 주체**(시점 인물)**에 대해서도 무언가를 드러낼 수 있어야 한다.** 여기에서 내가 쓴 로맨스 소설

『와인의 어떤 것Something in the Wine』을 예로 살펴보자. 여기에서 시점 인물은 와인 제조업자로 다른 인물의 머리카락색을 묘사할 때 와인과 관련된 표현을 사용한다.

잘 숙성된 최상급 화이트 와인처럼 금빛으로 빛나는 머리칼이 애니의 가냘픈 어깨에 닿을 듯 살랑거렸다.

• **정적인 묘사를 하는 대신 동적인 동사를 활용하고 묘사를 인물의 행동에 엮어 넣는다.** 예를 살펴보자.

정적인 묘사 새러는 금세 뻗치고 마는 금발 고수머리를 하고 있었다.

동적인 묘사 새러의 금발 고수머리 한 가닥이 얼굴 앞으로 흘러내렸다. 새러는 뻗쳐나온 머리칼을 귀 뒤로 넘겼지만 머리칼은 계속해서 뺨으로 흘러내렸다.

• **어떤 인물에 부여하는 묘사의 분량은 이야기 안에서 그 인물의 중요도에 비례해야 한다.** 어떤 인물을 상세하게 묘사한다면 독자는 그 인물이 이야기의 주요 인물이라 생각하게 될 것이다. 그러므로 중요하지 않은 인물에 대해서는 묘사를 세부사항 한 가지로 제한하라.

- **인물 묘사를 위해 대화를 활용한다.** 가끔씩은 대화 안에 인물 묘사를 슬쩍 끼워 넣을 수도 있다. 예를 살펴보자.

새러는 남자를 위아래로 훑어보았다. "TV에서는 키가 더 커 보였는데요."

연습 #45

지금 쓰고 있는 장르에서 세 편의 작품을 고른 다음 첫 장면을 읽어보자. 각각의 작품에서는 얼마나 많은 정보를 제공하고 있는가? 어떤 방식으로 정보를 제공하는가? 제공하는 정보가, 이야기가 앞으로 나아가는 기세를 멈춘다고 여겨지는 부분이 있는가? 이야기의 기세를 멈추지 않는 방식으로 정보를 제공한다면 이 작품들이 정보를 다루는 방식에서 무엇을 배울 수 있는가?

연습 #46

'연습 #45'에서 분석한 세 편의 소설을 다시 한번 살펴보자. 서두의 장에서 인물의 과거에 대해 얼마나 많은 정보를 알게 되는가? 이 작품들은 어떤 방식으로 배경 이야기를 드러내는가? 대화를 통해서인가, 인물의 행동에 배경 정보를 조금씩 엮어 넣는가, 혹은 인물 배경을 길게 늘어놓는가? 어떤 방법이 효과적이며 어떤 방법이 효과적이지 않는지 살펴보라.

연습 #47

다시 한번 앞서 분석한 작품의 서두를 살펴보자. 이번에는 배경과 날씨, 인물 묘사에 중점을 둔다. 묘사가 얼마나 등장하는가? 혹시라도 묘사가 길게 이어지는 부분이 있는가? 혹은 여기저기에 조금씩 묘사를 흩뿌려 놓았는가? 특히 어떤 묘사가 효과적으로 여겨지는가? 이 묘사에서 무엇을 배울 수 있는가?

연습 #48

아직 서두의 장들을 인쇄하지 않았다면 지금이라도 인쇄를 하자. 그리고 각기 다른 색의 형광펜을 세 자루 준비하자. 컴퓨터로 작업하는 것이 편하다면 글쓰기 소프트웨어의 하이라이트 기능을 활용해도 좋다. 책을 여는 첫 장면을 살펴보며 배경 이야기를 설명하는 부분, 배경과 날씨, 인물을 묘사하는 부분, 그 밖의 다른 정보 무더기 부분을 형광펜으로 표시하라. 예를 들어 배경 이야기, 즉 이야기가 시작되기 전에 일어난 일들과 관련된 정보들은 빨간색 형광펜으로 표시한다. 배경과 날씨, 인물에 대한 묘사는 초록색으로 표시한다. 그 외의 다른 정보 무더기, 이를테면 기술이나 역사에 대한 설명은 파란색으로 표시한다. 표시가 되지 않은 부분, 즉 현재 벌어지는 행동과 대화가 얼마나 많이 남아 있는가? 만약 형광펜으로 표시가 된 부분이 주가 된다면 이 부분들을 가능한 한 많이 잘라내도록 노력하라. 글의 대부분이 형광펜으로 표시되지 않고 남아 있을 수 있도록 한다. 잘라낸 글들은 이야기의 나중에 가서 사용할 수 있을지도 모르니 다른 문서에 저장한다. 현재 벌어지는 사건을 이해하기 위해 꼭 필요한 정보만을 남겨두라.

연습 #49

불필요한 배경 이야기를 잘라낸 다음 원고에 남아 있는 배경 이야기 부분을 살펴보자. 이 장에서 설명한 '배경 이야기를 전달하는 법'의 목록을 활용하여 소설의 첫 장을 고쳐 쓰라.

연습 #50

이제 배경과 인물 묘사 부분에도 같은 작업을 한다. 이 장에서 설명한 '배경을 묘사하는 법'과 '인물을 묘사하는 법'의 목록을 활용하여 원고에 남아 있는 묘사를 가능한 한 강렬하게 만들라.

21장
지나치게 느린 서두 2

서두를 늘어지게 만드는 다른 원인들을 피하는 법

앞 장에서는 정보 무더기를 어떻게 고쳐 써야 하는지, 배경 이야기와 묘사를 어떻게 다루어야 하는지 배웠다. 독자를 이야기 안으로 끌어당기고 책을 계속해서 읽고 싶게 만드는 뛰어난 서두를 쓰는 목표에 크게 한 걸음 다가선 셈이다.

하지만 서두를 느리고 지루하게 만드는 또 다른 요인이 남아 있다. 이 장에서는 뛰어난 서두를 쓰기 위해 피해야 할 다른 요인들을 살펴보자.

| 이야기를 지나치게 일찍 시작한다 |

신인 작가들은 이야기를 지나치게 일찍 시작한다. 이 말은 곧 격변의 사건이 등장하기까지 너무 오래 기다려야 한다는 뜻이다. 이런 소설은 일상 세계 부분이 불필요하게 지속되거나 재미가 없다. 독자는 주인공이 지루한 일상생활을 영위하는 동안 그 뒤를 억지로 따라다녀야 하며 무언가 흥미로운 사건이 일어날 때까지 너무 오랜 시간을 기다려야 한다. 아래는 이야기를 지나치게 일찍 시작하지는 않았는지를 알려주는 빨간 깃발이다.

- **인물이 잠자리에서 일어나는 모습으로 이야기를 시작한다.** 그리고 주인공이 옷을 입고 아침을 먹고 직장에 출근하는 것처럼 아침 일과를 수행하는 모습을 보여준다. 예를 살펴보자.

수잔은 침대 옆에 놓인 자명종 소리에 잠에서 깼다. 한 시간 후에 수업이 시작될 것이다. 수잔은 하품을 깨물며 침대에서 빠져나와 욕실로 향했다. 샤워를 하고 옷을 입은 다음 서둘러 샌드위치를 만들어서는 이메일을 확인하며 샌드위치를 먹었다. 마침내 수잔은 외투를 걸치고 배낭을 움켜쥔 다음 밖으로 걸음을 재촉했다.

- **인물이 어디론가 여행을 떠나는 모습으로 이야기를 시작한다.** 이런 장면에서 인물은 대체로 자신이 어디에서 떠나왔는지, 목적지에서 무엇이 자신을 기다리고 있을지 생각에 잠기기 마련

이다.

- **인물이 여행을 계획하는 장면으로 이야기를 시작한다.**
- **주인공이 어떤 행사를 위해 준비하는 장면으로 이야기를 시작한다.** 이를테면 파티에 가기 위해 준비를 한다.

나는 이런 장면을 다 잘라내라고 충고한다. 가능하면 격변의 사건이 머지않은 시기에 이야기를 시작하고 인물의 일상 세계는 꼭 필요한 만큼만 남겨두라. 예를 들어,

- 인물이 잠자리에서 일어나거나 출근하는 모습 대신 이미 직장에서 일을 하고 있는 모습으로 이야기를 시작한다. 회의에 참석한 주인공은 승진 자리를 놓고 경쟁을 해야 한다는 소식을 듣는다.
- 인물이 여행을 계획하거나 여행을 떠나는 모습 대신 새로운 곳에 도착하는 모습으로 이야기를 시작한다.
- 인물이 파티에 가려고 준비하는 모습 대신 인물이 파티에 도착하거나 이미 파티를 즐기고 있는 모습으로 이야기를 시작한다.

|과도한 내적 성찰|

내가 원고를 편집하며 자주 마주하는 또 다른 실수 중 하나는

인물이 자신의 인생을 되돌아보는 모습으로 시작하는 정적인 서두다. 여기에는 독자가 흥미를 느낄 만한 그 어떤 일도 일어나지 않는다. 이것이 바로 전에 내가 언급한 '자리에 가만히 앉아 생각하는' 문제다.

이 문제는 종종 바로 앞에서 설명한 것처럼 지나치게 일찍 이야기를 시작하는 실수와 짝을 지어 나타난다.

인물이 어디론가 여행을 떠나는 길이거나 혹은 직장에 가기 위해, 파티에 가기 위해 준비를 하고 있을 수 있다. 그리고 무심하게 이런 일을 수행하는 동안 자신의 과거를 회고하거나 현재의 상황을 반추한다. 여기에서 문제는 무언가 흥미로운 사건으로 독자를 이야기에 몰입시키는 대신 정적인 정보만을 제공하고 있다는 것이다. 인물이 마음속으로 곱씹는 모든 것은 '말하기'다. 그 대신 독자에게 현재 무슨 일이 벌어지고 있는지를 '보여주라'. 아래서 과도한 내적 성찰로 이야기를 수렁에 빠뜨리지 않는 요령을 살펴보자.

- 이야기 첫 장면에서 인물이 혼자 있는가? 그렇다면 **함께 상호작용할 수 있는 다른 인물을 붙이라.** 직접 대면해도 좋고 전화로 통화를 해도 좋다. 대화와 상호작용, 갈등은 동적이며 그저 가만히 앉아 생각을 하는 정적인 인물보다 언제나 한층 흥미롭다.
- **첫 장면에 내적 독백이 지나치게 많이 나오지 않도록 주의한**

다. 인물의 생각으로만 구성된 문단이 지나치게 길게 이어지는 곳이 있는가? 어쩌면 이들 중 일부는 작은따옴표로 묶여 있을지도 모른다. 이는 직접화법으로 표현된 내적 독백이다. 그중 일부를 잘라내라. 가끔씩 한두 문장의 내적 독백을 통해 시점 인물의 마음속으로 깊이 들어가는 한편 그 외에는 인물의 머릿속에는 너무 오래 머물지 말고 인물의 행동에 초점을 맞추라.

• 소설의 첫 장면에서 **인물에게 혼잣말을 하게 만들지 않는다.** 혼잣말은 대화가 아니다. 소리 내어 하는 생각은 과도한 내적 성찰과 똑같은 문제를 야기한다. 대부분의 경우 혼잣말은 독자에게 정보를 무더기로 전달하기 위한 핑계로 사용되며 게다가 혼잣말을 하는 주인공은 약간 괴짜처럼 여겨질 수 있다.

• 인물이 설거지 같은 지루한 일을 하면서 자신의 인생에 대해서 반추하고 있는가? 인물에게 어떤 문제를 해결하는 것처럼 **무언가 흥미로운 일을 하게 만들라.**

| 갈등의 부재 |

소설을 여는 첫 장면을 질질 늘어지는 것처럼 느껴지게 하는 또 다른 이유는 바로 갈등의 부재다. 16장에서 설명했다시피 소설 첫 장면에는 어떤 종류든 반드시 갈등이 포함되어 있어야 한다. 시작부터 인물에게 무언가를 원하게 하라. 무언가 목표를 가진 인물은 서두를 동적이고 흥미롭게 만든다. 특히 갈등이 등장해야 한다. 갈등이란 주인공이 목표를 달성하는 데 방해가 되는 무언가다. 독자는 주인공이 그 문제를 어떻게 해결하려 하는지 궁금한 마음에 계속해서 책을 읽고 싶어질 것이다.

이를 보여주는 예로 내가 쓴 소설 『완벽한 리듬』의 시작 장면을 발췌한다. 이 장면에서 팝스타인 리오는 피로가 쌓여 쓰러지기 직전의 상태로 자신에게 휴식이 필요하다고 매니저를 설득하려한다. 하지만 매니저는 리오의 말을 들으려 하지 않는다.

"도대체 몇 번이나 말을 해야 알아듣겠어? 나 정말 좀 쉬어야한다니까!" 리오가 맨발로 송곳 같은 굽이 달린 부츠를 걷어차자 부츠가 방 건너편으로 날아갔다.

사울이 새로 고용한 보조 매니저가 얼굴을 찌푸렸다. 아마도 리오가 여왕 행세를 하며 뺏성을 부린다고 생각할 테지만 리오는 상관없었다.

"자, 내 말 좀 들어봐." 사울은 허벅지 위에 팔꿈치를 괸 채 몸을 앞으로 숙이고는 유리로 된 커피 탁자 너머 리오를 응시했다. "어느 열대 해변에서 칵테일을 홀짝이며 일주일 정도 쉬면 좋겠지. 누군들 그러고 싶지 않겠어. 하지만 지금 벌써 3년이 넘도록 히트곡을 내지 못했어."

그녀는 목 안쪽에서 낮게 신음했다. "그 3년의 절반은 지난 앨범을 홍보하느라 길 위에서 보냈잖아."

각기 다른 목표의 충돌은 한층 역동적인 장면을 연출한다. 리오가 자신을 사랑하는 팬들과 교감하며 이를 한껏 즐기는 장면으로 책을 시작했다면 서두가 이처럼 역동적이지는 않았을 것이다.

첫 장면에 어떤 갈등을 도입하든 간에, 그 갈등이 벌어지는 모습을 보여주라. 인물은 단지 이전에 일어난 문제에 대해 생각만 하지 않는다. 대신 매 페이지 실시간으로 일어나는 갈등과 마주해야 한다.

| 낚시의 부재 |

책의 가장 첫 문단에는 독자를 이야기 안으로 끌어들이는 낚시가 있어야만 한다. 9장에서 설명했다시피 우리는 독자의 마음에 궁금증을 불러일으키며 독자를 낚는다. 어떤 의문에 답을 알아내고 싶은 마음은 독자가 계속해서 책을 읽어나가게 하는 힘으로 작용한다. 서두에서 어떤 궁금증도 심어주지 못한다면 독자에게 계속해서 책장을 넘길 이유를 주지 않는 것이다. 한두 가지 낚시를 넣는다면 더 좋을 것 같은 서두의 예를 살펴보자.

지나는 등받이가 높은 의자에 기대앉아 양팔을 머리 뒤에 포 갠 채 창밖을 바라보았다. 15층에 위치한 사무실에서 내려다 보는 도시는 마치 그림처럼 아름다웠다. 지난 1년 동안 매일 아침마다 그랬듯이 지나의 시선은 항구에 정박된 배들로 향 했다. 스나이더&제닝스의 공동 경영자가 되며 지나는 자신 의 꿈을 이루었다.

자리에 가만히 앉아 생각하는 인물의 문제가 여기에서도 등 장한다는 사실을 아마 알아차렸을 것이다. 여기에서는 고객이 사무실 안으로 뛰어 들어오거나 공동 경영자가 새로운 사건을 맡기는 것처럼 독자가 적어도 한 가지 의문을 떠올릴 만한 일을 넣는 편이 훨씬 좋을 것이다.

|장황함|

나는 가끔 흥미로운 상황이나 문제가 등장하긴 하지만 이야 기 안에서 아무 역할도 하지 않는 온갖 쓸데없는 말과 장황한 표현 속에 파묻힌 서두를 만나기도 한다. 그 예를 살펴보자.

샬럿은 쿵쿵 울리는 관자놀이를 양손으로 누르며 화장실을 향해 서둘러 걸었다. 맙소사, 머리가 깨질 듯이 아팠다. 샬럿은 세면대로 다가간 다음 오른손을 뻗어 타일을 바른 벽에 붙어 있는 페이퍼 타월 상자에서 페이퍼 타월을 몇 장 빼냈다. 타월에 찬물을 묻힌 다음 세면대에 기대어 서서 젖은 타월을 목 뒤에 갖다 댔다. 마침내 통증이 가라앉았고 샬럿은 안도의 숨을 내쉬었다.

독자 입장에서 이런 글을 읽는 것은 마치 바짝 마른 모래 해변을 걷는 것과 마찬가지다. 처음에는 모래밭을 걷는 데 별로 이렇다 할 힘이 들지 않는다. 하지만 어느 정도 시간이 지나고 나면 피로가 누적되어 지치고 발걸음이 느려지며 어딘가에 도착하는 데 영원의 시간이 걸릴 것처럼, 수고가 지나치게 많이 드는 것처럼 느껴진다.

서두는, 특히 이야기를 여는 첫 장면은 가능한 한 팽팽하게 조여 써야 한다. 첫 장면의 모든 문장과 모든 단어는 이야기를 앞으로 이끄는 데 일조해야만 한다. 이야기의 속도를 늦추고 낚시 효과를 무력화하는 불필요한 세부 사항은 전부 생략하라. 이에 따라 위의 예는 다음과 같이 팽팽하게 조여 쓸 수 있다.

샬럿은 쿵쿵 울리는 관자놀이를 양손으로 누르며 화장실로 뛰어들었다. 페이퍼 타월에 찬물을 묻힌 다음 뒷목에 갖다 댔다. 통증이 가라앉자 샬럿은 숨을 내쉬었다.

여기에서 글을 **팽팽하게 조여 쓰는 요령**을 몇 가지 설명한다.

- **불필요한 세부 사항을 추려낸다.** 위의 예에서 샬럿이 페이퍼 타월을 오른손으로 뽑았는지 왼쪽으로 뽑았는지는 이야기 흐름과 전혀 상관없다.

- **독자가 빈틈을 메울 수 있다고 믿는다.** 독자가 공중화장실에 가본 적이 있다고 가정해도 안전할 것이다. 독자는 공중화장실에 페이퍼 타월을 뽑을 수 있는 상자가 있다는 사실을 알고 있으며 그 상자가 대부분 벽에 걸려 있다는 사실도 알고 있다. 그러므로 이런 세부 사항 역시 생략할 수 있다.

- **가능하면 형용사와 부사의 사용을 자제한다.** 위의 예에서 샬럿이 페이퍼 타월에 찬물을 묻혔다는 사실은 이미 언급했다. 그리고 우리는 물을 묻히면 젖는다는 사실을 이미 알고 있다. 그러므로 '물에 젖은', '차가운' 같은 형용사는 생략해도 아무 것도 잃을 것이 없다.

- **말을 되풀이하지 않는다.** 독자에게 같은 정보를 두 차례에 걸쳐, 표현만 살짝 바꾸어 말해주고 있는가? 위의 예에서 우리는 샬럿의 관자놀이가 쿵쿵 울리듯 아프다는 사실을 이미 알고 있다. 그러므로 다시 한번 머리가 깨질 듯이 아프다는 사실을 굳이 말해줄 필요는 없다. 한 번만 이야기해도 독자가 알아듣는다고 생각하라.

- **행동을 간략화한다.** 동사를 살펴보고 특히 한 문장 안에서 동사가 세 개 이상 등장하는지 확인하라. 각각의 행동을 일일이 언급해야 할 필요가 있는가? 혹은 어떤 행동을 당연하게 생각하여 생략할 수 있는가? "샬럿은 (세면대로) 다가간 다음…" 같은 형태로 이어지는 구절을 조심하라. 이런 경우 대부분 동사를 하나 이상 생략하는 편이 안전하다.

- **힘이 약한 동사와 부사의 조합을 힘이 강한 동사로 대체한다.** 위의 예에서 나는 "서둘러 걸었다"를 "뛰어들었다"로 바꾸었다. 힘이 강한 동사는 독자의 마음에 이미지를 떠올리게 한다.

- **지나치게 길고 복잡한 문장과 문단을 피한다.** 첫 페이지에서는 문장과 문단을 명료하고 간결하게 유지하라.

- **말하지 말고 보여주라.** 대부분의 경우 '말하는' 것보다 '보여주는' 것이 더 좋다. 그리고 이 원칙은 이야기의 시작 장면에서 한층 강조된다. '보여주기'는 독자에게 저자가 제시하는 결론을 받아들이는 대신 자신이 읽는 내용을 적극적으로 해석하도록 유도하면서 독자의 관심을 붙잡아놓는다. 이 시리즈의 다른 안내서 『묘사의 힘』에서 내가 제시한, '말하는' 곳을 알려주는 빨간 깃발 중 하나는 바로 감정에 이름을 붙이는 것이다. '놀랐다' 같은 형용사나 '흥분' 같은 명사를 사용하고 있다면 아마도 '말하고' 있는 것이다. 그 대신 생각이나 얼굴 표정, 몸짓언어를 이용하여 인물의 감정을 '보

여주라'. 위의 예에서 "안도의"라는 표현은 '말해주는' 것이기 때문에 잘라냈다. "숨을 내쉬었다"라는 표현 자체가 샬럿의 안도감을 '보여주기' 때문에 이 단어를 군이 덧붙일 필요가 없다.

연습 #51

지금 쓰고 있는 원고의 첫 장면을 살펴보자. 인물이 어디론가 여행을 떠나거나, 어떤 일을 준비하거나, 평범한 일과를 영위하고 있는가? 그렇다면 그 문단을 삭제하고 격변의 사건과 좀 더 가까운 시기에서 이야기를 시작하라. 혹은 일상 세계 부분에 흥미로운 행동과 갈등을 덧붙이라.

연습 #52

원고 첫 장면을 다시 한번 살펴보자. 주인공이 혼자 있는가? 누군가 상호작용할 다른 인물을 붙여준다면 이 장면이 한층 흥미로워지지 않을지 생각해보라.

연습 #53

앞서 연습 과제에서 인쇄했던 원고와 형광펜을 준비하자. 인물의 생각과 내적 고찰을 노란색 형광펜으로 표시한다. 이야기를 여는 첫 장면에 형광펜으로 표시된 부분이 지나치게 많지는 않은가? 그렇다면 그중 일부를 잘라낼 것을 권한다.

연습 #54

지금 쓰고 있는 원고의 첫 장면을 다시 한번 읽어보자. 첫 장면에서 주인공에게 어떤 목표가 있는가? 그 목표를 이루기 위해 노력하는 과정에서 인물이 장애물과 마주하는가? 그렇지 않다면 바로 지금 고쳐 쓰면서 장면에 갈등을 덧붙이라. 16장을 다시 읽고 도움을 받아도 좋다.

연습 #55

원고의 가장 첫 문단을 이 책을 처음 읽는 독자가 된 기분으로 읽어보자. 첫 문단을 읽은 후 어떤 의문이 떠오르는가? 계속해서 책을 읽고 싶게 만들 만큼 궁금증을 일으키는 의문인가? 첫 문단에서 어떤 뚜렷한 의문도 떠오르지 않는다면 좀 더 강력한 낚시를 넣을 수 있도록 책의 시작 부분을 고쳐 쓰라. 원한다면 9장을 복습해도 좋다.

연습 #56

원고 첫 장면을 다시 한번 살펴보면서 불필요한 단어들을 모두 걸러내라. 형용사와 부사, 힘이 약한 동사가 있는지 주의 깊게 살피고 문장이 지나치게 길게 늘어지지 않는지 확인하라. 특히 첫 문단을 신경 써서 고쳐 쓰면서 모든 단어 하나하나가 이야기를 앞으로 이끄는지 확인하라.

22장
혼란스러운 서두

독자를 혼란스럽게 만들지 않는 법

서두가 지나치게 느려지는 문제의 원인이 정보 무더기만 있는 것은 아니다. 이따금 작가는 독자를 지루하지 않게 하기 위해 또 다른 극단으로 치달은 나머지 정보를 거의 제공하지 않으며 독자를 혼란스럽게 만든다. 혼란에 빠진 독자는 이야기가 지루하다고 느끼는 독자만큼이나 책을 덮고 다시는 펴보지 않을 가능성이 높다.

이 장에서 나는 혼란스러운 서두를 초래하는 가장 흔한 원인을 살펴보고 어떻게 하면 이 원인을 피하거나 고쳐 쓸 수 있을지 설명할 것이다.

| 독자의 질문에 답을 하지 않는다 |

8장에서 나는 독자가 새로운 책을 펼칠 때 떠올리는 질문에 답을 얻은 후에야 이야기 안에 안정적으로 자리를 잡고 그 여정을 마음 편히 즐긴다고 설명했다. 처음 몇 문단 안에서 독자의 질문들에 답을 하지 않는다면 독자는 혼란스러워 할 것이다.

나는 지금 독자를 낚기 위해 일부러 이야기 안에 숨겨두는 의문과 궁금증에 대해 이야기하고 있는 것이 아니다. 독자가 이야기 세계 안에 적응하기 위해, 이 책이 그들이 읽고 싶은 종류의 책이라고 확신을 주기 위해 답을 들을 필요가 있는 질문들에 대해 이야기하고 있다. 그 질문 중에 가장 중요한 질문은 다음과 같다.

- **이 이야기는 어떤 종류의 이야기인가?** 독자는 이 소설의 장르와 전체적인 분위기를 알고 싶어 한다. 이 이야기는 역사 로맨스 소설인가, 코지 미스터리 소설인가? 심각한 소설인가, 재미있는 소설인가? 12장에서 소설의 어조를 설정하기 위한 요령을 찾아볼 수 있다.
- **이 이야기는 누구의 이야기인가?** 독자는 소설이 시작하자마자 곧바로 주인공이 누구인지 알고 싶어 한다.
- **이야기를 하는 주체가 누구인가?** 독자는 자신이 누구의 시점에서 이야기를 읽는지 알고 싶어 한다.

- **이야기가 언제, 어디에서 벌어지는가?** 독자는 소설의 배경이 되는 시간과 장소를 알고 싶어 한다.

뒤에 이어지는 부분에서 이 중 몇 가지 질문에 대해 좀 더 자세히 다룰 것이다.

| 이야기를 지나치게 늦게 시작한다 |

이야기를 지나치게 일찍 시작하여 아무 사건도 없이 주인공이 일상생활을 보내는 모습을 오래 보여주는 작가가 있는 한편, 어떤 작가들은 또 다른 극단으로 치우친 나머지 이야기를 지나치게 늦게 시작하기도 한다.

이런 작가들은 어쩌면 '액션으로 이야기를 시작하라'는 충고를 들었을지도 모른다. 이들은 액션 장면의 한복판에서 이야기를 시작한다. 여기에서 문제는 독자가 이 상황을 이해하기 위해 필요한 전후 사정이 모두 생략되어 있다는 점이다. 독자는 이 인물이 누구인지도 모르고, 이 인물이 무슨 일을 하는지, 왜 자신이 인물의 생사에 관심을 두어야 하는지 이유를 알지 못한다. 독자는 무언가를 놓친 기분으로 도대체 무슨 일이 벌어지고 있는지 이해하기 위해 애를 쓰게 된다. 이를 보여주는 예를 살펴보자.

리버의 칼날이 공기를 베며 욜라스의 목을 노렸다.

욜라스는 마지막 순간 일격을 받아넘겼다. 욜라스가 미처 자세를 바로 잡기 앞서 바루카가 싸움에 뛰어들었다.

욜라스가 칼을 휘둘렀지만 바루카는 리버와 거의 부딪칠 뻔하며 옆으로 비켜섰다.

이 장면에서 우리는 누구를 응원해야 하는지, 누가 누구를 공격했는지, 그 이유가 무엇인지, 여기가 어디인지, 왜 우리가 이 싸움의 결과에 대해 신경 써야 하는지 전혀 알 수 없다. 이 장면은 강도의 습격일 수도 있고, 전투의 한복판일 수도 있고, 친구들 사이에 다소 도가 지나친 연습 대결일 수도 있다.

이 경우에는 시간을 조금 거슬러 올라가 한두 문단에 걸쳐 욜라스(그가 주인공이라고 한다면)가 자기 볼일을 보고 있는데 두 명의 공격자가 그에게 덤벼드는 모습을 보여주는 편이 더 좋을 것이다. 싸움이 시작되기 전에 공격자들이 무엇을 쫓고 있는지, 복수인지, 돈인지, 다른 무언가인지를 보여주는 대화 몇 문장을 덧붙일 수도 있다.

| 지나치게 많은 인물을 소개한다 |

바로 앞부분에서 소개한 칼싸움의 예에서 우리가 혼란스러워지는 이유 중 하나는 시작하자마자 아무런 설명 없이 세 사람의 이름이 등장한다는 사실이다. 독자는 이들이 누구인지, 누가 주인공인지 전혀 알 도리가 없다. 지나치게 많은 인물로 독자를 혼란스럽게 하지 않는 요령을 몇 가지 살펴보자.

- **이야기의 시작 장면에 등장하는 인물의 수를 제한한다.** 주인공을 혼자 가만히 앉아 생각하게 만들어서도 안 되겠지만 또 다른 극단으로 치달은 나머지 독자에게 한꺼번에 너무 많은 인물들을 던져주는 것도 바람직하지 않다. 이는 파티에서 수십 명의 사람들을 한꺼번에 소개받는 일과 똑같다. 독자는 아마 인물들의 이름을 잊어버리고 인물에 대한 정보도 머릿속에서 뒤죽박죽 뒤섞여버릴 것이다. 나는 이야기의 첫 장면에서는 인물을 세 명 이상 등장시키지 않을 것을 권한다.
- 시작 장면에 직접 등장하는 인물뿐만이 아니다. **주인공이 지금 여기에는 없는 다른 여러 인물에 대해 생각하게 만들어서도 안 된다.** 생각 속에 등장하는 인물 또한 첫 장면에서의 세 명의 인물 제한에 포함된다.
- **주인공으로 이야기를 시작한다.** 독자는 책에서 만나는 첫 번째 인물을 자신이 응원해야 하는 인물이라고 생각하게 된다. 가능하다면 독자가 주인공의 이름을 처음으로 접하게 만들라.
- 파티처럼 **여러 사람들이 집단으로 등장하는 행사로 책을 시작**

하지 않는다.

- **이야기의 첫 장면에서 불필요한 인물을 삭제한다.** 예를 살펴
보자.

카페를 향해 발걸음을 옮기는 새러의 속이 뒤집힐 듯 요동쳤다.
가슴을 가로질러 휴대용 컴퓨터 가방을 맨 젊은 남자가 새러
의 옆을 지나면서 새러를 향해 고개를 끄덕이더니 살짝 미소
를 지었다.

이 젊은 남자가 앞으로 중요한 역할을 하는 것이 아니라면 첫
장면에서는 이 사람을 완전히 빼버리고 새러와 새러가 카페에
들어간 후에 일어나는 사건에 초점을 맞추는 것이 좋다.

- **중요하지 않은 인물에 이름을 붙이지 않는다.** 어떤 인물에 이
름을 부여하고 그 모습을 묘사한다면 독자는 그 인물이 이야기
에서 중요한 역할을 할 것이라 생각하게 된다. 이야기의 첫 장
면에서 주인공이 주문한 카페라테를 만드는 바리스타는 이름
없는 단역에 머물러야 한다.
- **인물들의 이름이 서로 비슷하지 않도록 조심한다.** 한 인물의
이름을 아니스, 다른 인물의 이름을 아니타라고 부른다면 두
인물의 이름이 헷갈리기 쉽다. 짐과 팀처럼 이름에 운을 맞추
지 않으며, 줄리나 캐리, 로리처럼 같은 글자나 같은 소리로 끝

나는 이름을 붙이지 않는다.

| 독자를 이야기의 시간과 장소에 안착시키지 않는다 |

배경에 대한 장황한 묘사로 책을 시작해도 안 되겠지만 13장에서 설명했던 것처럼 이야기가 시작되는 즉시 시간과 장소를 설정하는 것 또한 중요하다. 자신이 어디에 있는지 알지 못하는 것처럼 혼란스러운 일도 없기 때문이다. 앞에서 살펴본 칼싸움 장면에는 또 다른 문제가 있다. 시간과 장소를 알려주는 세부 사항을 단 하나도 찾아볼 수 없다는 것이다. 인물의 이름과 칼을 사용하고 있다는 점에서 배경이 현재가 아니라는 사실을 추측할 수 있을 뿐이다. 하지만 이 장면의 배경은 중세 시대일 수도 있고 미래의 판타지 세계일 수도 있다. 머나먼 곳의 또 다른 행성일 수도 있고 13세기 도시의 뒷골목일 수도 있다. 하지만 이 장면만으로 우리는 알 도리가 없다.

여기에서는 적절한 균형점을 찾는 것이 중요하다. 세부 사항을 지나치게 많이 늘어놓으며 이야기를 수렁에 빠뜨리지 않는 한편 이 장면이 어떤 배경에서 펼쳐지는지 독자가 머릿속에 이미지를 떠올릴 수 있을 만큼은 정보를 제공해야 한다. 구체적인 세부 사항을 두어 가지 선택한 다음 독자를 이야기 세계에 몰입시키기 위해 오감을 활용하는 것을 잊지 말라.

| 시점을 확립하지 않는다 |

독자를 혼란스럽게 만들지 않기 위해서는 이야기가 시작한 즉시 독자가 누구의 시점에서 이야기를 읽게 되는지 알려주어야 한다. 명확한 시점 없이 소설을 시작하지 말라. 묘사로 시작하는 책에서 종종 이런 일이 벌어진다. 이를 보여주는 예를 살펴보자.

> 팀은 접시에 산처럼 쌓인 매시드포테이토 위에 그레이비소스를 뿌렸다.
> "부모님 오시는지 정말 몰랐어?" 새러가 그의 손에서 소스를 받아들었다.
> "내가 왜 알아야 하는데?" 팀이 물었다.
> 새러는 포크로 당근을 찔렀다. "네 부모님이잖아!"

여기에서는 오직 대화와 행동만이 등장하며 어떤 감정이나 생각도 찾아볼 수 없다. 누구의 시점에서 이야기가 진행되는지 뚜렷하게 드러나지 않는다. 기나긴 내적 성찰에 빠져서도 안 되겠지만, 장면의 초반에 시점 인물의 마음속에 한번 들어갔다 나오려고 노력하라. 위의 예는 다음과 같이 고쳐 쓸 수 있다.

> 새러는 팀의 접시 위에 산처럼 쌓인 매시드포테이토를 보고

눈살을 찌푸렸다. "여섯 시 이후에는 탄수화물 금지라더니 도 대체 무슨 일이래?"

팀이 매시드포테이토 위에 그레이비소스를 뿌렸다.

"부모님 오시는지 정말 몰랐어?" 새러는 그가 그레이비소 스로 접시에 홍수를 내기 전에 소스병을 빼앗았다.

"내가 왜 알아야 하는데?" 팀이 물었다.

새러는 포크로 당근을 찔렀다. "네 부모님이잖아!"

| 맥락이 없는 대화 |

어떤 편집자들은 대화로 책을 시작하지 말라고 충고하기도 한다. 독자가 대화의 맥락을 파악하지 못하기 때문이다. 독자는 누가 누구와 이야기를 하고 있는지 아직 알 수가 없다.

개인적으로 나는 한 줄의 대화로 책을 시작하는 것이 무척 효 과적일 수 있다고 생각한다. 대화를 제대로 쓸 수 있다면 말이 다. 대화는 '보여주기'며 직접적이다. 어떤 인물이 말을 하는 방 식과 말을 하는 내용은 그 인물의 성격에 대해 많은 것을 드러 낸다.

하지만 대화로 책을 시작하려 한다면 독자가 혼란스러워하지 않도록 즉시 대화의 맥락을 짚어주어야만 한다. 여기에서 대화 의 맥락을 확립하는 방법을 살펴보자.

- 대화 꼬리표가 없는 대화로 책을 시작하지 않는다. 대화 꼬리표를 붙여 독자에게 누가 무슨 말을 하는지 알려주라. 행동을 보여주는 것으로도 독자에게 누가 말하고 있는지를 알려줄 수 있다. 예를 살펴보자.

대화 꼬리표 "그거 나 줘." 새러가 말했다.
행동 보여주기 "그거 나 줘." 새러는 쿠키 꾸러미를 향해 손가락을 꼬물거렸다.

- 토킹 헤드 신드롬을 피한다. 토킹 헤드 신드롬은 인물이 어디에서 무엇을 하고 있는지에 대한 묘사가 거의 없거나 아예 없이, 대화만 가득한 장면에서 발생한다. 이런 장면은 텅 빈 공간에 인물들의 머리만 둥둥 떠서 말을 하고 있는 것처럼 보인다. 토킹 헤드 신드롬이 나타나는 예를 살펴보자.

"그거 나 줘." 새러가 말했다.

"싫어." 팀이 대답했다.

"그 쿠키 달라고!"

"내가 왜 그래야 하는데?"

"네가 엠앤엠즈 초콜릿을 어디에다 숨겼는지 내가 알거든."

초고에서는 대화만 썼다 해도 글을 고쳐 쓰는 단계에서는 그 장면에 살을 붙여 어느 정도 대화의 맥락을 제공하도록 노력하라. 배경에 대한 정보를 넣고 여기에 행동을 조금, 저기에 인물의 반응을 조금 덧붙여 넣는다. 독자가 물리적 세계에 발붙이고, 인물이 대화를 하는 동안 무엇을 하고 있는지 머릿속으로 떠올릴 수 있도록 도와주라. 위의 예를 살을 붙여서 고쳐 써보자.

"그거 나 줘." 새러가 오레오 꾸러미를 향해 손가락을 꼬물거렸다.

팀은 소파에 주저앉아 쿠키 꾸러미를 가슴팍에 끌어안았다. "싫어."

"그 쿠키 달라고!"

팀이 히죽거렸다. "내가 왜 그래야 하는데?"

새러는 커피 탁자를 돌아 팀 앞에 버티고 서서 할 수 있는 가장 위협적인 말투로 말했다. "네가 엠앤앰즈 초콜릿을 어디에다 숨겼는지 내가 알거든."

- **문단 구조를 올바르게 사용하여 대화를 이해하기 쉽게 만든다.** 문단 구조를 어떻게 올바르게 구성하는지에 대해서는 바로 뒤에서 살펴볼 것이다.

| 잘못된 문단 구조 |

내게 원고를 보내오는 작가 대다수가 문단 구조에 대해 전혀 아는 바가 없어 보인다. 어쩌면 문단 구조가 별것 아니며 상대적으로 사소한 문제에 불과하다고 생각할지도 모르겠다. 하지만 실제로는 그렇지 않다. 잠시 문단의 기능에 대해 생각해보자.

- **문단은 글의 구조를 제공하며 이야기를 읽기 쉽게 만든다.** 문단은 서로 속하는 문장들을 함께 묶고 서로 속하지 않는 문장을 따로 분리한다.
- **문단을 통해 독자는 누가 무슨 말을 하는지 파악하는 데 도움을 받는다.** 그러므로 작가가 문단을 제대로 구성한다면 많은 부분에서 대화 꼬리표를 생략할 수 있다.
- **문단을 통해 이야기의 속도를 조절할 수 있다.** 짧은 문단에서는 독자의 시선이 책장의 위에서 아래로 빠르게 움직이기 때문에 이야기의 속도를 한층 빠르게 만든다. 반면 긴 문단은 이야기의 속도를 늦춘다.
- **문단이 있기 때문에 책장에 하얀 여백이 생긴다.** 책을 폈는데 글이 한 덩어리로 뭉쳐 책장 안에 빽빽하게 들어차 있다면 독자가 그 책을 읽고 싶어 할 가능성은 낮다. 읽기도 전에 질려버리고 말 것이다. 오늘날 대부분의 독자들은 작은 화면으로 된 기기로 전자책을 읽는다는 사실을 명심하라. 그렇기 때문에 글

을 문단으로 쪼개는 작업이 한층 중요해진다. 하지만 문단을 나눌 때는 올바른 곳에서 나누어야 한다.

문단 나누기의 기본 원칙은 이렇다.

- **한 인물이 말하고 행동하고 생각하는 내용은 모두 같은 문단에 속한다.** 인물의 행동을 대화와 분리하면 독자는 그 대화가 다른 인물의 것이라고 생각하게 된다.
- **다른 인물이 하는 대화 혹은 행동은 새로운 문단으로 구분한다.** 예를 살펴보자.

잘못된 문단 나누기 "내 충고를 잘 따른다면 당신의 실적은 여섯 달 안에 좋아질 겁니다."

새러는 그에게 서류를 건네주었다. 팀은 서류를 서류 가방 안에 넣고 자리에서 일어났다.

"고맙습니다. 일이 어떻게 되는지 알려드리죠." 그가 새러에게 말했다.

올바른 문단 나누기 "내 충고를 잘 따른다면 당신의 실적은 여섯 달 안에 좋아질 겁니다." 새러는 그에게 서류를 건네주었다.

팀은 서류를 서류 가방 안에 넣고 자리에서 일어났다. "고맙습니다. 일이 어떻게 되는지 알려드리죠."

올바르게 문단을 나눈 예에서 "그가 새러에게 말했다"라는 대화 꼬리표가 필요하지 않다는 사실을 눈치 챘을 것이다. 행동을 나타내는 부분("팀은 서류를 서류 가방 안에 넣고…")을 통해 누가 말을 하고 있는지 알 수 있기 때문이다.

- **시간을 거슬러 오르거나, 앞으로 돌릴 경우에는 새로운 문단으로 글을 시작한다.** 예를 살펴보자.

새러는 운전석의 문을 쾅하고 닫고는 시동을 걸고 엑셀을 밟았다.

20분 후 새러는 부모님의 집 앞에 차를 댔다.

연습 #57

지금 쓰고 있는 원고에서 가장 처음 몇 문단을 살펴보자. 액션 장면 한복판에서 이야기를 시작하여 독자를 혼란스럽게 하고 있는가? 독자에게 상황의 맥락을 제공하고 무슨 일이 벌어지는지 이해를 돕기 위해 처음 몇 문단을 어떤 식으로 고쳐 쓸 수 있는지 궁리하라.

연습 #58

지금 쓰고 있는 원고 첫 장면을 다시 읽어보자. 얼마나 많은 인물이 등장하는가? 얼마나 많은 인물의 이름이 언급되는가? 이름이 언급되는 인물이 세 명 이상이라면 그중 빼도 좋은 인물이 있는가? 적어도 이름까지는 언급하지 않을 수 있는 인물이 있는가? 등장인물의 이름을 목록으로 만들자. 서로 비슷한 이름이 있는가? 그렇다면 그 인물의 이름을 다시 붙이라.

연습 #59

이야기를 시작하는 처음 세 문단을 살펴보자. 독자가 이야기의 시간과 장소에 자리 잡을 수 있을 만큼 충분한 정보를 제공하고 있는가? 배경 묘사가 지나치게 길어지지 않도록 주의하라. 하지만 독자가 시간과 장소에 대해 파악하지 못할 것 같다는 생각이 든다면 구체적인 세부 사항을 한두 가지 덧붙이라.

연습 #60

이야기를 시작하는 첫 문단을 다시 읽어보자. 독자가 누구의 시점에 있는지 알려주는 단서가 있는가? 첫 문단을 오직 행동과 대화, 묘사만을 포함하여 객관적으로 썼다면, 인물의 마음에 살짝 들어가 그들의 감정이나 생각을 보여줄 수 있도록 첫 문단을 고쳐 쓰라.

연습 #61

원고의 첫 세 문단에 나오는 대화를 살펴보자. 첫 세 문단 안에 대화가 등장하는가? 누가 무슨 말을 하는지 분명하게 알 수 있는가? 토킹 헤드 신드롬을 피하기 위해 행동을 보여주는 부분과 감각적 세부 사항이 어느 정도 들어가 있는가? 그렇지 않다면 이런 세부 사항을 덧붙이라. 하지만 도를 지나치지 않도록 주의하라.

연습 #62

첫 번째 장면에서의 문단 구조를 살펴보자. 올바른 지점에서 문단을 바꾸고 있는가? 한 인물의 행동과 대화를 한 문단으로 묶고 있는가? 다른 인물의 행동과 대화를 다른 문단으로 구분 짓고 있는가? 올바른 곳에서 문단을 나눈다는 확신이 들 때까지 고쳐 쓰라. 고쳐 쓴 후 필요가 없어진 대화 꼬리표가 있는가?

23장
오해를 사는 서두

독자가 속았다는 기분이 들지 않게 하는 법

앞에서도 이미 언급했던 것처럼 소설의 서두는 독자에 대한 약속이다. 소설의 서두는 독자에게 어떤 종류의 이야기를 기대해야 하는지 알려준다. 작가가 서두에서 독자를 잘못된 방향으로 이끌어 무언가 다른 것을 기대하게 만든 다음 그 기대를 충족시키지 않는다면 독자와의 약속을 어기는 것이다. 독자는 작가에게 속았다고 생각하게 되며 이는 절대 바람직한 일이 아니다. 이 장에서는 독자의 오해를 피하는 법에 대해 살펴보자.

| 장르와 어울리지 않는 어조로 이야기를 시작한다 |

각각의 장르에는 그 나름의 기대치가 있기 마련이다. 미스터리 소설 애독자라면 미스터리 소설 특유의 어조를 기대할 것이다. 이 어조는 로맨스 소설의 전형적인 어조와는 사뭇 다르다. 이 이야기가 미스터리 소설이라는 인상을 주는 문체와 어조로 소설을 시작한다면 미스터리 소설 독자의 관심을 끌어당길 수 있다. 하지만 나중에 이 이야기가 로맨스 소설인 것으로 밝혀진다면 전형적인 미스터리 소설 애독자는 실망하고 짜증을 낼 것이다.

소설의 첫머리를 여는 어조가 장르의 어조, 이야기 나머지 부분의 어조와 맞아 떨어지도록 유의하라. 스릴러 소설을 느긋하고 사색적인 서두로 시작하지 않는다. 로맨틱 코미디 소설을 소름끼치는 살인 장면으로 시작하지 않는다. 여기에서 최근 내가 시험 독자로 읽어보았던 스포츠 로맨스 소설의 예를 살펴보자.

따스한 산들바람이 모건의 높이 올려 묶은 머리칼을 가볍게 스치고 지나면서 머리카락 몇 가닥이 바람에 휘날렸다. 모건의 등 뒤에서 누군가 기침을 했다. 오른편으로 보이는 초록 잔디밭 앞쪽에서 시냇물이 바위 위로 콸콸 소리를 내며 휘몰아쳐 흘렀다.

이 서두에는 기본적으로 잘못된 부분이 없지만 딱히 스포츠 로맨스 소설이다 싶은 부분도 없다. 나른한 일요일 오후 공원에서 소풍하는 모습으로도 보일 수 있다. 스포츠 로맨스 소설의 애독자는 책이 시작하자마자 운동선수인 주인공이 서로 경쟁하며 승리의 욕망을 불태우는 모습을 보고 싶어 한다. 그래서 이 소설의 저자는 결국 첫 문단을 생략해버리고 두 번째 문단에서 이야기를 시작했다.

> 모건의 목으로 땀이 한 방울 흘러내렸다. 모건은 천천히 숨을 들이마시며 굳은 어깨의 긴장을 풀려고 애썼다.
> 3미터. 이 퍼트로 3미터만 성공시키면 된다. 골프를 시작하고 첫 메이저 대회에서 우승할 수 있는 연장전의 기회까지 오직 3미터만이 남아 있었다.
> '하지만 전에도 이만큼 가까워진 적이 있었지.' 심술궂은 목소리가 모건의 머릿속에서 속삭였다. '그것도 두 번이나. 그때마다 기회를 날려버렸잖아.'

이 문단에서는 이야기가 시작하자마자 인물에게 목표를 부여하고 갈등을 소개한다. 이 장면의 갈등은 바로 모건의 자기 회의다. 이로 인해 이 서두는 스포츠 로맨스 소설에 걸맞은 역동적인 서두로 재탄생한다.

| 꿈 혹은 환상 장면으로 이야기를 시작한다 |

소설의 첫머리, 혹은 장의 첫머리를 주인공이 꿈을 꾸다 깨어나는 모습으로 시작한 적이 있는가? 그런 작가가 여러분 혼자만은 아니다. 수많은 작가들이 이 고전적인 실수를 저지른다. 나 또한 그런 적이 있다. 나는 꿈으로 시작하는 것이 영리한 반전이 될 것이라 생각했다. 하지만 여기에서 문제는 꿈이 속임수를 쓰는 서두라는 점이다.

독자는 꿈에서 무슨 일이 일어나든 그 일을 모두 소설 속 현실이라고 생각한다. 그러므로 자신이 인물의 현실이라 믿는 것에 감정을 투자한다. 하지만 인물이 잠에서 깨어나는 순간 그 모든 일이 다 꿈이었다는 사실이 밝혀진다면 독자는 속았다는 기분에 사로잡힐 뿐 아니라 다시 한번 이야기를 처음부터 읽으며 새로운 현실에 감정을 투자해야만 한다. 독자가 이미 관심을 쏟은 첫 번째 시나리오를 빼앗겼기 때문이다.

특히 꿈 장면이 극적인 상황과 액션, 갈등으로 가득해 독자의 관심을 사로잡는 경우에는 꿈으로 이야기를 시작하는 것이 한층 더 문제가 된다. 인물이 잠에서 깨어나 아침 일과를 시작하면 그 현실은 방금 전에 만들어낸 꿈의 세계와 비교되어 한층 지루하게 여겨질 것이다.

이야기의 서두를 꿈으로 시작하려 한다면, 혹은 책의 나중에 등장하는 어떤 장면의 첫머리를 꿈으로 시작하려 한다면 독자가 그 꿈을 현실이라고 생각하게 만들지 말라. 독자가 그게 꿈이라는 것을 바로 알아차리게 만들 수 있는 방법을 궁리하라. 독자를 속이지 않기 때문에 효과를 발휘하는 꿈 장면의 예를 살펴보자. K. M. 웨일랜드K.M Weiland가 쓴 『꿈나라 사람들 Dreamlander』의 서두다.

꿈 때문에 사람이 죽지는 않을 것이다. 하지만 이 꿈에서는 정말로 죽을 뻔했다.

| 독자의 관심을 낚기 위한 속임수로 시작한다 |

독자의 관심을 낚기 위해, 혹은 액션 장면으로 소설을 시작하고 싶은 욕심에 어떤 작가들은 속임수를 사용한다. 첫 장면을 주인공이 목숨 걸고 싸움을 벌이는 모습으로 시작한 다음 나중에 가서 그 모습이 단지 비디오 게임이었을 뿐이라는 사실을 밝히는 것이다. 혹은 주인공이 연쇄 살인마에게 뒤를 밟히고 있다고 여겨지는 모습으로 책을 시작하지만 나중에 가서는 그저 매력적인 이웃 사람이 주인공에게 데이트를 신청하려 한 것이었다는 사실이 밝혀진다.

이런 장면 또한 '관심을 낚기 위한 속임수' 범주에 속한다. 그리고 이런 종류의 서두에서 발생하는 문제는 항상 똑같다. 독자가 액션이 난무하는 현실에 기껏 몰입했는데 그 현실이 사실은 존재하지 않는다는 것을 깨닫게 된다는 것이다.

이런 속임수는 독자에게 서스펜스 가득한 이야기를 약속하지만 주인공이 잠에서 깨어나고 그 이야기가 결국 로맨스 소설이나 다른 장르의 소설이라는 사실이 밝혀지는 순간 그 약속은 깨져버리고 만다.

| 독자에게 어떤 인물을 주인공으로 여기게 만든 후 그 인물을 죽여버린다 |

오해를 사는 서두의 또 다른 유형으로는 누가 주인공인지에 대해 잘못된 기대를 품게 만드는 서두가 있다. 한 인물의 시점에서 이야기를 시작한 다음 한 장면 혹은 한 장에 걸쳐 그 인물의 시점으로 이야기를 계속 이어나간다면 독자는 당연히 그를 주인공으로 생각할 것이다.

그런 다음 그 인물을 죽여버린다면 독자는 속았다는 기분에 사로잡힐 것이다. 독자로서는 한 인물에게 실컷 감정을 투자했더니 그는 죽고 또 다른 주인공과 함께 다시 이야기를 시작하라는 강요를 받는 셈이다. 대부분의 독자는 이런 상황을 원하지 않는다. 그러므로 어떤 인물을 죽여버리려 한다면 처음부터 그 인물이 그저 조연에 불과하다는 사실을 분명하게 밝히도록 유의하라.

　TV 드라마나 시리즈로 구성된 미스터리 소설에서는 희생자 시점에서 이야기를 시작해도 괜찮다. 시청자 혹은 독자가 이미 드라마, 혹은 시리즈 형식에 익숙하기 때문이다. 이런 경우 독자는 주인공이 등장하여 사건을 조사할 수 있도록 첫 장면에 등장하는 인물이 살해당하기를 기대한다. 하지만 이런 경우에도 저자는 독자가 잘못된 인물과 유대감을 쌓지 않도록 이야기가 시작되는 즉시 희생자를 죽여버리기 마련이다.

연습 #63

지금 쓰고 있는 원고의 첫 장면을 인쇄한 다음 아직 원고를 읽어 보지 못한 시험 독자 세 명에게 나누어주자. 첫 페이지만 읽고 책의 장르를 추측하게 해보라. 독자가 장르를 제대로 짚어냈는가? 두 명 이상이 장르를 잘못 추측했다면 첫 장면의 어조가 책의 장르와 어울리지 않는 것인지도 모른다.

연습 #64

소설을 여는 첫 장면을(혹은 책의 중후반부 장의 첫 장면을) 꿈으로 시작하는가? 그렇다면 독자에게 그 장면이 꿈이며, 감정을 투자해야 하는 이야기 속 현실이 아니라는 사실을 즉시 알려주었는가? 그렇지 않다면 지금 바로 그 장면을 고쳐 쓰라. 혹은 꿈 장면을 통째로 들어낸 다음 다른 장면으로 이야기를 시작하라.

이야기를 여는 1장을 시간을 들여 자세하게 살펴보자. 독자의 오해를 불러일으킬 만한 부분이 있는가? 어떤 인물을 죽여버렸는가? 독자의 예상과 다르게 펼쳐지는 상황을 만들었는가? 이 질문 중 하나라도 그렇다는 대답이 나온다면 생각해보자. 그 플롯이 실제로 교묘한 반전인가, 혹은 그저 지키지 못할 약속을 하며 독자에게 이야기를 두 차례에 걸쳐 다시 읽으라고 강요하는 것인가?

24장
진부한 서두

지나치게 남용된 서두를 피하는 법

어떤 서두는 수많은 책과 영화에서 닳고 닳도록 사용된 나머지 클리셰가 되었다. 클리셰가 된 서두 중에는 앞 장들에서 언급한 실수를 포함한 서두도 있다. 예를 들어 주인공이 꿈을 꾸거나, 잠에서 깨어나거나, 어디론가 여행을 떠나면서 책을 시작하는 서두다. 비슷비슷한 책 무더기 사이에서 자신의 책을 눈에 띄게 만들고 싶다면 이런 진부한 서두를 피해야만 한다. 혹은 클리셰를 참신한 방식으로 비틀어 사용해야 한다. 여기에서는 앞 장에서 이미 설명한 서두 외에 소설을 시작할 때 주의해야 할 서두의 클리셰 목록을 소개한다.

• **거울을 들여다보는 인물의 모습으로 시작한다.** 이렇게 하면

인물의 외모를 묘사할 수 있다. 내기를 해도 좋지만 인물이 거울을 들여다보는 장면으로 시작하는 책을 한 권 이상 읽어보았을 것이다. 혹은 창문이나 호수의 수면처럼 자신의 모습이 비치는 표면을 들여다보게 할 수도 있다. 그러면서 자신의 금발 머리 혹은 녹색 눈에 대해 생각하게 하는 것이다. 이 서두는 단지 많이 사용되어 닳고 닳아졌을 뿐만 아니라 시점 위반이기도 하다. 그러므로 부디 이야기의 첫 장에서뿐만 아니라 책의 나머지 부분에서도 이런 장면을 피하라. 주인공의 외모를 묘사하는 좀 더 창의적인 방도를 궁리하라.

- **1인칭 화자가 자신을 소개하며 책을 시작한다.** 청소년 소설 같은 장르에서 너무나 많은 책들이 화자가 독자에게 직접 말을 걸며("내 이름은…") 이야기를 시작하기 때문에 이런 서두는 클리셰다.
- **전화가 울리는 장면으로 시작한다.** 특히 주인공이 전화 소리에 잠에서 깨는 모습으로 시작한다.
- **전투 장면으로 시작한다.** 혹은 전투가 끝난 후의 모습으로 시작한다.
- **주인공이 무언가에게 쫓기거나 무언가로부터 달아나는 모습으로 시작한다.** 숲속을 달려 도망치는 장면은 특히 많이 사용되었다.
- 이혼을 한 다음 **주인공이 새로운 마을로 이사하는 모습으로**

시작한다.

- **장례식 장면으로 시작한다.** 주인공이 무덤가에 서 있거나 경야에 참석하는 모습으로 책을 시작한다.
- **주인공이 기억 상실에 걸린 모습으로 시작한다.** 그리고 주인공은 자신이 누구인지 고민하게 된다.

독자는 이런 서두를 질리도록 보아온 나머지 진부하게 여기기 시작했다. 내 말을 오해하지 말길 바란다. 나는 절대 이런 서두를 사용해서는 안 된다고 말하는 것이 아니다. 물론 꿈으로 시작하는 서두나 거울을 보는 묘사의 경우는 예외다. 무슨 일이 있어도 이 두 가지 서두는 피하도록 하자. 나머지 서두에 대해서는 이런 서두를 피하는 것이 좋지만 굳이 사용하려는 경우에는 참신한 관점을 도입하고 독특한 해석을 부여하여 쓸 것을 권한다.

| 장르 특유의 클리셰를 피한다 |

앞서의 닳고 닳도록 남용된 서두와 더불어 모든 장르에는 장르 특유의 클리셰가 존재한다.

- **로맨스 소설**에서 나타나는 최악의 클리셰 두 가지 중 하나는 주인공들이 만나자마자 첫눈에 반해 영원히 지속되는 깊은 사

랑에 빠지는 것이다. 다른 하나는 두 주인공이 말 그대로 서로와 부딪치며 만나는 '깜찍한 만남'이다. 주인공들은 서로 부딪치며 들고 있던 음료수를 쏟거나 서류 더미 같은, 손에 들고 있던 무언가를 떨어뜨리게 된다.

- **초자연적 소설**에서 주인공이 죽으면서 뱀파이어나 좀비, 늑대 인간으로 변하는 서두는 죽음만큼이나 식상해졌다.
- **미스터리 소설**에서 알코올 중독자인 형사가 숙취에 시달리며 범죄 현장에 도착하거나 터프한 사립 탐정이 신비롭고 매혹적인 고객의 의뢰를 받아들이는 서두 또한 지나치게 많이 사용되었다.
- **판타지 소설**에서는 『반지의 제왕』에 등장하는 엘프처럼 다른 종족들이 살고 있는 세계, 늙고 현명하고 턱수염을 기른 스승, 나중에 왕위 계승자로 밝혀지게 되는 고아 같은 설정이 종종 클리셰로 여겨진다.
- **SF 소설**에서는 우주선의 경보 소리에 잠에서 깨어나는 주인공을 아주 흔하게 찾아볼 수 있다.
- **청소년 소설**에서는 새로운 학교에서 학기 첫날을 맞는 주인공이 케케묵은 클리셰처럼 여겨지기 시작했다.

이런 진부한 서두를 피하기 위해서는 참신한 시각을 가지는 것이 크게 도움이 된다. 지금 쓰고 있는 작품이 속한 장르의 애

독자로 전에 어떤 서두가 수천 번 이상 반복되어 사용되어 왔는지 알고 있는 사람을 시험 독자로 찾아보길 권한다.

연습 #66

이 장에서 설명한 목록을 활용하여 지금 쓰고 있는 작품의 서두가 클리셰가 아닌지 확인하라. 이야기를 시작하는 첫 장에 꿈 장면이나 거울을 들여다보고 있는 인물이 등장하는가? 장르 특유의 클리셰를 하나라도 사용하고 있는가?

연습 #67

지금 쓰고 있는 소설의 장르에서 자주 보아온 서두에 대해 생각해보자. 자신의 서두에서는 피하고 싶은, 클리셰가 되어버린 요소들을 목록으로 만들어놓자.

피해야 하는
세 가지 유형의 서두

빈약한 서두를 이유로 우리 출판사에서 출간을 거절한 원고 더미를 살펴보면서, 나는 이 원고들이 4부에서 설명한 서두에서 나타나기 쉬운 실수를 하나 이상 포함하고 있을 뿐만 아니라 수많은 원고들이 성공하기 어려운 서두로 시작하고 있다는 사실을 깨달았다. 바로 프롤로그, 회상 장면, 미래 장면이다.

5부에서는 왜 이 세 가지 유형의 서두로 책을 시작하는 것이 그리 좋은 생각이 아닌지 이유를 설명할 것이다. 그리고 반드시 이 유형의 서두로 책을 시작하고 싶은 이들을 위해 어떻게 이런 서두를 제대로 쓸 수 있는지 방법을 살펴볼 것이다

25장
프롤로그

(대부분의 경우) 프롤로그를 피해야 하는
이유와 프롤로그를 효과적으로 쓰는 법

프롤로그란 책의 1장 전에 등장하는, 책의 나머지 부분과 분리된 단락을 가리킨다. 프롤로그는 흔히 소설의 배경이 되는 시간대와 다른 시기를 배경으로 한다. 1장에서 벌어지는 사건에서 몇 년 혹은 몇십 년, 심지어는 몇 세기까지 거슬러 올라갈 수 있다(가끔씩 시간을 앞으로 돌려 미래를 배경으로 하기도 한다).

프롤로그는 종종 주인공이 아닌 인물의 시점으로 진행된다. 심지어 이야기 안에서 다시는 시점 인물로 등장하지 않는 인물의 시점에서 진행되기도 한다.

SF 소설과 판타지 소설에서 프롤로그는 아주 흔하게 나타나며 그 자체가 클리셰로 여겨질 정도다. 청소년 소설이나 현대 로맨스 소설 같은 다른 장르에서는 프롤로그를 찾아보기 어렵다.

수많은 독자와 편집자, 문학 기획자들이 프롤로그를 질색한다. 프롤로그를 읽지 않고 건너뛰는 독자들도 있고 심지어 '프롤로그'라는 단어를 보자마자 책을 덮어버리는 독자들도 있다.

하지만 수많은 작가들이 프롤로그를 사용하기를 고집한다. 자신이 쓰는 프롤로그는 다른 책과는 다를 것이라 생각하고, 독자가 이야기를 이해하기 위해 필요한 정보가 포함되어 있기 때문에 프롤로그가 반드시 필요하다고 확신한다.

나는 프롤로그에 대해 이렇게 생각한다. 절대적으로 필요한 경우가 아니라면 프롤로그를 사용하지 말라. 작가가 어떻게 생각하든 프롤로그가 절대적으로 필요한 경우는 그리 많지 않다.

그렇다고 해서 프롤로그가 절대 성공할 수 없다고 말하는 것은 아니다. 제대로 효과를 발휘하는 프롤로그가 아주 가끔 있기는 하다. 하지만 대부분의 경우 프롤로그가 없는 편이 더 좋으며 실제로도 프롤로그가 반드시 필요하지도 않다.

| 프롤로그의 문제점 |

하지만 내 충고를 그대로 받아들이지는 말자. 여기에서 설명하는 프롤로그가 일으키는 문제점들을 읽은 다음 프롤로그를 사용하는 것이 좋은 생각인지 아닌지 스스로 판단을 내리길 바란다.

- **프롤로그는 그저 정보 무더기에 불과할 때가 많다.** 가장 최악의 프롤로그는 이야기 세계와 그 역사에 대한 세 페이지짜리 설명으로 이루어진 프롤로그다. 명심하라. 독자는 풍부한 정보가 아니라 이야기를 원한다. 독자에게 정보가 가득 들어 있는 프롤로그를 억지로 떠넘기는 대신 1장에서 이야기를 시작하고 이야기를 풀어나가는 동안 이야기 세계를 구성하는 세부 사항을 조금씩 이야기 안에 엮어 넣으라. 독자가 인물과 함께 이야기를 경험하면서 이야기 세계를 발견하도록 만들라.

- **프롤로그가 있다는 것은 독자가 이야기를 두 차례에 걸쳐 새로 읽기 시작해야 한다는 뜻이다.** 작가 입장에서는 두 차례에 걸쳐 독자의 관심을 사로잡아야 한다는 것을 의미한다.

- **프롤로그에는 종종 주인공이 아닌 인물이 등장한다.** 앞서 설명했던 것처럼 독자는 대부분 자신이 책에서 만나는 첫 번째 인물과 유대감을 쌓는다. 그렇기 때문에 독자가 어쩌면 다시는 만나지 못할 인물보다는 주인공으로 이야기를 시작하는 편이 좋다.

- **프롤로그 후의 1장에서 시간과 장소, 시점이 전환될 때 수많은 독자가 떨어져 나갈 수 있다.** 프롤로그와 1장 사이에 급격한 전환이 일어난다면 수많은 독자들이 불편함을 느끼고 책을 덮어버릴 것이다. 독자가 아직 이야기 안에 자리 잡기 전이기 때문이다.

- **책의 나머지 부분과 다른 어조와 문체로 쓰이는 경우 프롤로그는 책을 대표하지 못한다.** 소설의 서두는 독자에 대한 약속이며, 책의 나머지 부분에서 그 약속을 지켜야 한다는 사실을 명심하라. 프롤로그가 소설의 1장과 문체와 어조가 다르다면 그 약속을 지키기가 어려워진다.

- **프롤로그는 독자를 속이는 서두처럼 여겨질 수 있다.** 프롤로그가 책의 나머지 부분과 전혀 다르다면 독자는 속은 듯한 기분이 들 것이다.

- **프롤로그 때문에 본 이야기가 재미없게 느껴질 수 있다.** 독자를 매혹시키는 프롤로그를 썼다면 독자는 프롤로그에 관심을 보이며 프롤로그의 이야기를 계속해서 읽어나가고 싶을 것이다. 그 대신 1장을 읽게 된다면 본 이야기가 프롤로그만큼 흥미롭지 않다고 생각하고 책을 덮어버릴 수 있다.

| 프롤로그를 사용해서는 안 되는 경우 |

일반적으로 나는 거의 모든 책에 프롤로그가 필요하지 않다고 생각한다. 하지만 다음과 같은 경우에는 특히 프롤로그를 사용해서는 안 된다.

- **독자에게 정보를 전달하거나 배경 이야기를 알려주기 위한 경**

우. 무슨 일이 있어도 프롤로그를 거대한 정보 무더기로 사용해서는 안 된다. 대부분의 경우에는 이야기를 진행시키는 과정에서 그 정보를 전달할 수 있다. 아무리 해도 이야기 안에서 그 정보를 전달할 방도를 찾을 수가 없다면 어쩌면 그 정보는 이야기 안에 포함될 필요가 없는 정보일지도 모른다.

• **특정한 분위기를 조성하기 위한 경우.** 프롤로그의 유일한 목적이 특정한 분위기를 조성하는 것이라면 굳이 프롤로그를 넣을 필요가 없다. 1장에서도 충분히 그 목적을 달성할 수 있다.

• **서두를 흥미롭게 만들기 위한 경우.** 어떤 작가들은 액션이 난무하거나 신비로운 분위기를 자아내는 등 어떤 식으로든 흥미를 불러일으키는 프롤로그를 쓴다. 자신이 쓴 1장이 지루하다는 사실을 알고 있기 때문이다. 여기에서 분명하게 짚고 넘어가도록 하자. 아무리 훌륭한 프롤로그를 덧붙인다고 하더라도 1장이 지루하다는 사실은 변하지 않는다. 프롤로그를 독자를 낚는 낚시로 사용하는 대신 1장을 좀 더 흥미롭게 고쳐 쓰라. 이 안내서의 20장과 21장에 이를 위한 조언들이 나와 있다.

| 그럼에도 불구하고 프롤로그를 사용해야 하는 경우 |

아주 드물게 프롤로그가 진정으로 효과를 발휘하는 경우가 있다. 여기에서는 굳이 프롤로그를 사용해도 좋은, 몇 안 되는 이유를 소개한다.

- **독자에게 '다른 어떤 방법으로도' 전달할 수 없는 '필수적인' 정보를 전달하기 위한 경우.** '다른 어떤 방법으로도'와 '필수적인'을 작은따옴표로 강조했다는 점을 눈여겨보길 바란다. 그 정보는 이야기를 이해하기 위해 독자에게 반드시 필요한 정보여야 하며 다른 어떤 방식으로도 전달할 수 없는 정보여야 한다. 어쩌면 주인공이 아직 알지 못하기 때문에 주인공의 시점에서는 보여줄 수 없는 정보일 수도 있다. 예를 들어 미스터리 소설, 범죄 소설, 스릴러 소설에서는 악당 혹은 드문 경우 희생자의 시점으로 구성된 프롤로그로 이야기를 시작하기도 한다. 이 프롤로그를 통해 독자는 주인공이 범죄에 대해 알기 전에 이미 살인범이 돌아다닌다는 위험을 알게 되고 여기에서 긴장감과 서스펜스가 피어난다. 프롤로그에서 밝히는 정보가 이야기를 이해하는 데 반드시 필요한지 아닌지 확신할 수 없다면 몇몇 시험 독자에게 1장 원고를 주고 프롤로그 없이도 이야기를 따라갈 수 있는지 확인하라.
- **책에 대한 올바른 기대치를 설정하기 위한 경우.** 1장에서 이 책이 어떤 종류의 책인지에 대해 독자에게 뚜렷하게 보여주지 못한다면 프롤로그가 올바른 기대치를 형성하는 데 도움이 될 수 있다. 예를 들어 〈스타워즈 에피소드 4: 새로운 희망〉에서

프롤로그가 없다면 사막 행성에서 농부로 일하는 루크의 일상으로 영화가 시작했을 것이다. 〈스타워즈〉는 그 프롤로그를 통해 다스베이더 군대와 반란 연합의 우주 전투 장면을 보여주며 이 영화가 어떤 종류의 영화인지를 한층 명확하게 전달한다.

프롤로그인가, 1장인가

이야기를 시작하는 장에 '프롤로그'라는 제목을 붙이기 전에 스스로 질문을 던져보자. 이 장은 실제로 프롤로그인가, 혹은 이름이 잘못 붙은 1장인가?

진정한 프롤로그라면 다른 시대를 배경으로 하거나 다른 시점을 통해 이야기를 하면서 본 이야기의 구조에서 독립되어 있어야 한다. 프롤로그와 1장 사이에는 뚜렷한 전환이 있어야 한다. 아무런 전환이 없이 프롤로그와 1장이 매끄럽게 연결된다면 프롤로그를 '1장'으로 다시 이름 붙이는 편이 좋다.

꼭 필요한가, 필요하지 않은가

프롤로그로 책을 시작하는 것이 좋을지 고민하고 있다면 유일한 판단 기준은 이것이다. 프롤로그가 반드시 필요한가, 필요하지 않은가? 그 답을 알기 위해 도움이 될 만한 몇 가지 질문들을 살펴보자.

- 프롤로그에서 전달하는 정보를 독자가 반드시 알아야 하는 가? 우선 프롤로그를 뺀 다음 프롤로그 없이도 이야기가 성립하는지 살펴보라. 자신이 작품과 너무 가까워 이를 객관적으로 판단하기가 어렵다면 시험 독자 몇 명에게 프롤로그를 뺀 원고를 읽어달라고 부탁하라. 시험 독자들이 프롤로그 없이 읽어도 1장이 제대로 성립한다고 판단하는가? 아무 문제없이 이야기의 흐름을 따라갈 수 있는가?
- 다른 방식으로 정보를 전달하는 것이 절대적으로 불가능한 가? 이상적으로는 이야기가 진행되는 과정에서 정보를 잘게 쪼개어 전달하는 것이 프롤로그보다 훨씬 더 좋다.
- 프롤로그에 본 이야기와 다른 시점 인물이 등장하는가, 혹은 프롤로그가 본 이야기와 다른 시간, 장소를 배경으로 하고 있는가? 프롤로그가 본 이야기와 다른 부분이 하나도 없다면 이는 프롤로그가 아니라 1장이다.

위의 세 가지 질문에 모두 그렇다는 대답이 나올 경우에만 프롤로그로 책을 시작하는 것을 고려해볼 수 있다.

| 프롤로그를 쓰는 요령 |

프롤로그에 따르는 온갖 손해와 문제점들에도 불구하고 반드시 책을 프롤로그로 시작할 수밖에 없다고 가정해보자. 반드시 프롤로그를 써야 한다고 생각하는 경우를 위해 프롤로그를 효과적으로 쓰는 몇 가지 요령을 설명한다.

- **프롤로그를 정보 무더기로 만들지 않는다.** 프롤로그가 이야기 세계의 역사와 정치, 사회에 대한 설명문처럼 읽혀서는 안 된다. 20장에서 설명한 정보 무더기와 배경 이야기 무더기를 피하는 요령을 프롤로그에도 적용할 수 있다.
- **말하지 않고 보여준다.** 프롤로그는 인물과 활동, 갈등, 대화가 등장하는 극화된 장면이어야만 하며 화자 혹은 작가가 인물이나 이야기 세계에 대해 그저 정보를 전달하는 곳이어서는 안 된다. 여기에는 단 하나의 예외가 존재한다. 어떤 프롤로그는 신문 기사나 블로그 글, 일기, 시, 노래, 편지 같은 문서(대부분 허구의 문서)의 형태로 쓰인다. 이런 종류의 프롤로그는 극화된 장면일 필요는 없지만 프롤로그에 대한 다른 모든 규칙은 여전히 적용된다.
- **짧게 쓴다.** 독자는 가능하면 빨리 본 이야기가 시작되길 바란다. 그러므로 프롤로그를 한두 페이지를 넘기지 않는 하나의 장면으로 제한하라.

- **프롤로그에서 일어나는 사건이 본 이야기의 사건과 연결되도록 유의한다.** 프롤로그에서 일어나는 사건은 본질적인 방식으로 본 이야기의 플롯에 영향을 미쳐야만 한다. 바로 이것이 프롤로그를 쓰기가 까다로운 이유다. 프롤로그는 본 이야기의 강력한 요소로 작용해야 하는 한편 본 이야기와 분리되어 독립적으로 존재해야만 한다. 프롤로그가 본 이야기와 어떻게 연결되는지, 프롤로그의 사건이 주인공에게 어떤 영향을 미치는지는 가능한 한 빠른 시기에 명확하게 밝히는 것이 좋다. 켄 폴릿이 쓴 『대지의 기둥』은 프롤로그가 제대로 효과를 발휘하는 좋은 예다. 이 프롤로그에서는 한 남자가 누명을 썼을지도 모른다는 여러 의혹에도 불구하고 도둑질 혐의로 교수형을 당하는 모습을 묘사한다. 프롤로그는 군중 속 한 소녀가 그 남자에게 판결을 내린 이들을 저주하는 모습으로 끝난다. 독자는 즉시 이 저주가 이야기에서 중요한 역할을 할 것이라는 사실을 직감할 수 있다.

- **낚시를 넣어 흥미를 불러일으킨다.** 프롤로그는 즉시 독자의 관심을 사로잡을 필요가 있으므로 낚시로 프롤로그를 시작하고 낚시로 끝을 맺으라. 흥미를 돋우는 의문점을 남겨두고 책을 계속 읽으면 그 의문점을 풀 수 있을 것이라고 기대하게 만들라. 켄 폴릿이 쓴 『대지의 기둥』의 프롤로그는 "소년들은 일찍부터 교수형장에 나왔다"라는 문장으로 시작하여 교수형을

당한 남자가 정말로 무죄인지, 저주를 받은 사람들에게 무슨 일이 생길 것인지 독자가 궁금해하게 만들며 끝이 난다.

- **프롤로그를 본 이야기와 분리한다.** 예를 들어 본 이야기와 다른 시점 인물을 등장시키거나 다른 시대를 배경으로 하라.
- **어조와 문체를 본 이야기와 똑같이 유지한다.** 프롤로그가 1장과 전혀 다른 책처럼 여겨지지 않도록 유의하라. 예를 들어 본 이야기를 3인칭 제한적 시점으로 썼는데 프롤로그만 전지적 시점으로 쓰면 안 된다.
- **1장은 프롤로그만큼 흥미로워야 한다.** 그래야 독자가 1장을 읽으면서 흥미를 잃지 않는다. 프롤로그도 충분히 흥미로워야 하지만 1장을 압도해서는 안 된다. 1장을 프롤로그의 낚시만큼이나 더 강력한 낚시로 시작하라.

연습 #68

독자로서 프롤로그를 어떻게 생각하는지 고민해보자. 프롤로그가 있으면 그 부분을 제대로 읽는가, 건너뛰는가, 대강 훑어보는가? 재미있게 읽었던 프롤로그를 떠올릴 수 있는가? 그 프롤로그가 재미있게 느껴졌던 이유는 무엇인가?

연습 #69

❶ 지금 쓰고 있는 원고를 프롤로그로 시작하고 있다면 이 장에서 설명한 확인 질문 목록을 통해 프롤로그가 반드시 필요한지 확인하라. 프롤로그를 잘라내보자. 그래도 여전히 1장의 이야기가 성립하는가? 프롤로그에서 전달하는 정보들을 이야기 중간 중간에 엮어 넣을 수 있는가?

❷ 프롤로그가 정말 필요한지 여전히 확신이 들지 않는다면 시험 독자 몇 명에게 프롤로그를 뺀 원고를 읽어달라고 부탁하자. 프롤로그 없이도 독자들이 이야기를 이해하고 즐기는가? 그렇다면 프롤로그를 잘라내는 편이 좋다.

26장
회상 장면

이야기 서두에 회상 장면을 넣어서는
안 되는 이유

아마도 회상 장면이 무엇인지는 알고 있을 것이다. 심지어 자신이 쓰는 소설에서 사용해본 적이 있을지도 모른다. 왜 이야기의 서두에 회상 장면을 사용해서는 안 되는지 이유를 설명하기 전에 무엇이 회상 장면이며 무엇이 회상 장면이 아닌지 좀 더 자세히 알아보도록 하자.

| 회상 장면 vs 기억 |

회상 장면과 기억 서술은 모두 독자에게 인물의 배경 이야기를 전달하는 방식이다. 하지만 이 두 기법은 서로 같지 않다.

- **회상 장면**에서는 과거에 있었던 사건을 인물의 활동과 대화, 감각 정보가 포함된 '극화된' 장면으로 충분히 살을 붙여 '보여준다'. 독자는 과거로 되돌아가 마치 그 자리에 있는 것처럼 그 사건을 실시간으로 경험한다.
- **기억 서술**은 과거에 무슨 사건이 있었는지 '요약하여' 독자에게 '말해준다'. 시점 인물은 현재에 그대로 머문 채 과거에 일어난 사건을 떠올린다. 예를 살펴보자.

새러는 양팔로 머리 뒤를 받치고는 예전에 썼던 방 안을 둘러보았다. 15년 전 그날의 기억이 떠올랐다. 아버지는 방 안으로 불쑥 들어오더니 집을 나가 다시는 돌아오지 말라고 말했다. 새러는 볼티모어행 버스표를 겨우 살 수 있을 정도의 돈만 가지고 집을 뛰쳐나왔다.

하지만 지금 여기, 새러는 어린 시절을 보낸 방으로 돌아와 있었다.

완전히 극화된 회상 장면이라면 독자는 단지 두 문장으로 요약된 설명을 읽는 대신 그 사건이 펼쳐지는 광경을, 바로 지금 여기에서 벌어지는 일처럼 처음부터 끝까지 지켜보고 새러와 아버지 사이에 오가는 대화를 목격했을 것이다.

| 회상 장면 vs 프롤로그 |

회상 장면은 과거를 배경으로 하는 프롤로그와는 다르다. 회상 장면은 현재를 배경으로 하는 장면에서 과거로 돌아가는 것이며, 과거를 배경으로 하는 프롤로그는 과거에서 이야기를 시작하는 것으로 이야기의 시간 순서를 무너뜨리지 않는다.

| 회상 장면의 문제점 |

어쩌면 회상 장면이 '말하는' 대신 '보여주기' 때문에 인물의 배경 이야기를 드러내는 훌륭한 방법이라고 생각할지도 모른다. 하지만 회상 장면은 그 나름의 문제점을 가지고 있다. 이 문제점 중 일부는 프롤로그가 야기하는 문제점과 비슷하다.

- **회상 장면은 배경 이야기다.** 회상 장면에서는 과거에 일어난 일을 보여주지만 독자가 보고 싶어 하는 것은 바로 현재에서 지금 벌어지고 있는 사건이다. 이야기 안에 회상 장면을 넣는다면 과거에 무슨 일이 있었는지보다 현재 무슨 일이 벌어질지 궁금해하는 독자를 짜증스럽게 만들 수 있다.
- **회상 장면은 플롯이 앞으로 나아가는 기세를 멈춘다.** 그리고 독자를 이야기 흐름에서 벗어나게 만든다. 대부분의 경우 한두 문장으로 된 짧은 기억을 끼워 넣는 편이 회상 장면을 넣어 현

재 벌어지는 사건에서 독자를 벗어나게 만드는 것보다 더 좋다.

- 회상 장면으로 들어가고 나오는 전환을 솜씨 좋게 다루지 못한다면 **시간을 거슬러 올라갔다 다시 돌아오는 과정에서 독자가 시간 감각을 잃고 혼란스러워질 수 있다.**

소설의 어느 곳에서든지 회상 장면은 여러 가지 문제를 일으키지만, 특히 이야기의 서두에서 회상 장면을 사용하는 경우 몇 가지 추가적인 문제들이 발생한다.

- **독자는 아직 인물의 과거에 대해 듣고 싶지 않다.** 서두에서 독자는 아직 인물을 알지 못하며 인물에게 마음을 주지 않았다. 그러므로 인물의 과거에 대해서도 별로 관심이 없다.
- **독자는 아직 이야기가 벌어지는 현재에 자리 잡지 못한 상태다.** 그러므로 이야기의 시간 순서가 어떤 식으로든 흐트러진다면 독자는 몰입하지 못하고 책을 덮어버릴 것이다.
- **너무 이른 회상 장면은 이야기의 수수께끼를 망친다.** 앞서 몇 차례에 걸쳐 설명했던 것처럼 독자가 책장을 넘기게 만드는 힘은 바로 답이 밝혀지지 않은 의문들이다. 지나치게 이른 시기에 회상 장면을 써서 배경 이야기를 밝혀버리고 이 모든 의문에 답을 해준다면 독자는 계속해서 책을 읽어나갈 이유가 없어진다. 예를 들어 내가 쓴 로맨스 소설 『룸메이트 협정』에서 스

테프는 래가 언제 어디서든 등을 벽에 붙이고 비상구를 시야에
둔 채 앉는다는 사실을 알아챈다. 하지만 그 이유를 보여주는
회상 장면이 없기 때문에 독자는 그 이유를 알아내기 위해 계
속 책을 읽어나갈 수밖에 없다.

이 모든 문제점들을 고려하여 나는 회상 장면에 대해 이렇게
충고한다. 독자가 이야기 안에 자리 잡을 시간이 충분할 때까지,
독자가 이야기의 현재에 단단히 발을 붙이고 주인공에 대해 마
음을 쓰기 전까지는 회상 장면을 사용하지 말라. 이 말은 곧 3장
까지는 회상 장면을 쓰지 않는 것이 최선이라는 뜻이다. 특히
소설의 1장에서는 절대 회상 장면을 쓰면 안 될 것이다.

책의 중후반부에 이르러 회상 장면은 독자에게 인물의 과거
를 특별한 방식으로 들여다보게 만드는 훌륭한 방법이 될 수 있
다. 하지만 그럴 때도 그 중대한 인물 배경 정보를 밝힐 만한 다
른 방도가 없는지 확인하고, 회상 장면을 짧게 줄여 쓸 것을 권
한다.

| 회상 장면을 다루는 요령 |

이야기의 중후반부에서 회상 장면을 쓰고 싶은 경우를 위해
제대로 쓰는 법을 설명한다.

- **회상 장면을 짧게 줄여 쓴다.** 현재의 이야기를 지나치게 오랫동안 멈추고 있으면 독자는 다시 현재의 이야기로 돌아와 자리를 잡는 데 어려움을 겪게 된다. 그러다 아예 책을 완전히 덮어버릴지도 모른다.

- **플롯에 반드시 필요한 경우에만 회상 장면을 사용한다.** 과거에 일어났던 사건은 반드시 현재 인물이 하는 행동에 영향을 미쳐야 한다.

- **회상 장면을 현재 벌어지는 사건의 강렬한 장면 뒤에 배치한다.** 지루한 장면 뒤에 회상 장면이 나온다면 독자가 다시 현재의 이야기로 돌아올 이유가 없다.

- **주인공에게 과거를 떠올릴 만한 계기를 부여한다.** 현재의 이야기에서 인물이 과거에 일어난 어떤 사건을 떠올릴 만한 계기를 마련하라. 예를 들어 어떤 특정한 냄새나 노래를 통해 어린 시절에 일어난 사건을 떠올릴 수 있다.

- **시간을 거슬러 오르는 지점과 현재로 돌아오는 지점을 독자가 알 수 있도록 표현한다.** 회상 장면의 시작과 끝에서 즉시 독자에게 시간과 장소를 고지하라. "그 무렵에는" 혹은 "그녀가 열다섯 살이었을 무렵"이라는 표현은 시간을 거슬러 오른다는 것을 알려준다. "지금은" 같은 표현은 다시 현재로 돌아온다는 것을 보여준다.

- **회상 장면의 시작과 끝을 표시하기 위해 동사의 시제를 활용**

할 수도 있다. 소설을 현재 시제로 쓰고 있다면 회상 장면에서는 과거 시제를 사용하는 것이다. 하지만 소설을 과거 시제로 쓰는 경우 부자연스러운 대과거 시제를 무리해서 사용할 필요는 없다. 시제를 억지로 맞추기보다는 독자가 현재 장면과 회상 장면을 명확히 구분할 수 있도록 만들라. 예를 살펴보자.

새러는 양팔로 머리 뒤를 받치고는 예전에 썼던 방 안을 둘러보았다. 15년 전 마지막으로 이 방을 떠났을 때와 똑같은, 닳아 빠진 카펫과 보기 흉한 벽지가 여전히 자리를 지키고 있었다.

그때도 지금처럼 침대에 누워 있었다. 음악을 듣고 있었는데, 아버지가 불쑥 방으로 들어왔다.

"아래층으로 내려와라." 아버지가 말했다. "지금 당장!"

새러는 두근거리는 마음으로 침대에서 일어나 아버지의 뒤를 따라 아래층으로 내려갔다.

아버지는 식탁 위에 편지 한 통을 내동댕이치듯 내려놓았다. "나한테 한 마디 말도 없이 대학에 지원했어? 가게는 어쩌고!"

이 다음에는 아버지와 딸이 갈등을 빚는 장면이 펼쳐진다. 그리고 아래는 다시 이야기를 현재, 이곳으로 되돌리는 부분이다.

"네가 정말 그렇게 생각한다면." 아버지가 딸에게 등을 돌린

채 말했다. "나가. 나가서 다시는 돌아오지 마라."

"절대 안 돌아와요." 새러는 소리를 질렀다.

하지만 15년이 지난 지금 새러는 어린 시절을 보낸 방의 벽을 멍하니 쳐다보고 있었다.

- **회상 장면을 이탤릭체로 쓰지 않는다.** 이탤릭체는 읽기가 어렵기 때문에 길게 이어지는 단락에는 적합하지 않다.
- **특히 회상 장면에서는 정보 무더기를 넣지 않도록 주의한다.** 회상 장면에서는 대화와 활동에 집중하고 내적 독백이나 배경 묘사, 다른 정보에 초점을 맞추지 않는다.
- **회상 장면 안에 또 다른 회상 장면을 넣지 않는다.** 회상 장면 안에서는 그 장면의 현재에 머물면서 인물이 그보다 더 과거에 있었던 일을 떠올리게 하지 않는다.

| 액자소설 |

액자식 구성이라고도 하는 액자소설은 회상 장면들로 구성된 이야기이다. 하지만 앞에서 이야기한 회상 장면처럼 단지 한 장면을 위해 과거로 돌아가는 대신, 액자소설에서는 회상 장면이 이야기의 대부분을 차지한다. 기본적으로 액자소설은 이야기 안에 또 다른 이야기가 들어 있는 구조다. 액자소설은 종종 나이든 화자가 관객에게 자신의 과거에 있었던 일에 대해 이야기하며 시작된다. 이야기의 대부분은 하나의 기나긴 회상 장면으로 이루어지며 우리는 이야기의 결말에 가서야 현재의 화자로 돌아오게 된다. 여기에서 현재의 화자는 중심 이야기를 둘러싸는 '액자'라고 볼 수 있다.

우리는 액자식 구성을 호메로스의 『오디세이』나 메리 셸리의 『프랑켄슈타인』에서 찾아볼 수 있다. 액자식 구성은 또한 〈타이타닉〉 같은 영화에서도 사용된다. 〈타이타닉〉에서는 할머니가 된 로즈가 보물 사냥꾼들에게 자신이 타이타닉호에 탑승했던 경험에 대해 이야기한다.

액자소설에는 그 나름의 결점이 있다. 예를 들어 독자는 화자가 살아남았다는 사실을 이미 알고 있기 때문에 모험과 서스펜스 가득한 이야기에서는 긴장감이 어느 정도 사라져버린다. 액자소설은 또한 처음부터 끝까지 화자의 시점을 고수해야 하기 때문에 시점 선택에 있어서도 제한적이다. 나는 반드시 액자식 구성을 사용해야 할 충분한 이유가 있을 때만 이 형식을 사용하라고 권한다.

연습 #70

지금 쓰고 있는 장르의 소설 중에 회상 장면을 솜씨 좋게 다루고 있는 작품을 생각해낼 수 있는가? 책의 어느 지점에서 회상 장면이 등장하는가? 액자소설이 아니라면 책의 서두에서 바로 회상 장면이 등장하지는 않을 것이다. 그 작품은 회상 장면으로 들어가고 나오는 전환을 어떻게 다루는가? 도움이 될 만한 표현이나 기술이 있다면 이를 적어두라.

연습 #71

❶ 지금 쓰고 있는 원고를 살펴보자. 액자식 구성으로 되어 있는가? 만약 그렇다면 액자식 구성이 이 책을 쓰기 위한 가장 효과적인 구조인가? 혹은 액자 구조를 없앤다면 이야기가 더 살아날 것인가? 한번 시험해보라!

❷ 지금 쓰고 있는 원고에 회상 장면이 등장하는가? 서두에 회상 장면이 나온다면 이를 잘라내기를 강력하게 권한다. 잘라낸 회상 장면들을 책의 중후반부에 가서 사용하거나, 아니면 배경 이야기를 밝힐 다른 방도를 궁리하라. 책의 중후반부에 회상 장면이 등장한다면 이 장에서 설명한 '회상 장면을 다루는 요령' 목록을 통해 회상 장면을 제대로 썼는지 확인하라.

27장
미래 장면

미래 장면으로 책을 시작하는 것이
까다로운 이유

미래 장면은 회상 장면과 비슷하다. 시간을 거슬러 오르는 대신, 시간을 앞으로 돌린다는 점이 다를 뿐이다. 종종 프롤로그로 미래 장면이 사용되기도 한다. 나중에 일어나게 될 어떤 장면으로 책을 시작한 다음 다시 현재로 돌아와 주인공이 어떻게 그 특정 상황에 놓이게 되는지 과정을 보여주는 것이다.

책의 중반이나 후반에서 가져온 흥미로운 미래 장면은 기본적으로 독자의 흥미를 끌기 위한 낚시 혹은 예고편 역할을 한다. 하지만 회상 장면이나 프롤로그와 마찬가지로 미래 장면으로 책을 시작하는 것은 문제가 될 수 있다.

| 미래 장면의 문제점 |

- **미래 장면은 종종 지루한 서두를 감추기 위한 시도다.** 미래 장면으로 책을 시작한다는 것은 마치 작가가 이렇게 말하는 셈이다. "자 봐, 나도 처음 몇 장이 지독하게 지루하다는 건 알고 있어. 그러니까 머지않아 내용이 흥미로워진다는 걸 증명하는 예고편을 여기 보여줄게." 하지만 지루한 1장 앞에 흥미로운 장면을 하나 끼워 넣는다고 해서 1장의 내용이 더 흥미로워지는 것은 아니다. 미래 장면을 넣는 대신 서두를 고쳐 쓰라.

- **미래 장면으로 책을 시작하면 이야기의 나머지 부분이 회상 장면처럼 느껴질 수 있다.** 이 말은 곧 이야기의 나머지 부분이 독자에게 배경 이야기처럼 여겨지며 직접 경험하는 것처럼 느껴지지 않는다는 뜻이다.

- 조심하지 않으면 **책의 후반에 일어나게 될 장면을 보여주는 과정에서 결말이 누설될 수 있다.** 그 결과 서스펜스가 죽어버릴 수 있다.

- **소설이 시작할 무렵 독자는 아직 인물에 대해 그리 마음을 쓰지 않는다.** 독자가 인물과 유대감을 쌓은 후인 결말 부분에 등장한다면 독자를 자리에서 벌떡 일어나게 할 만한 장면이라도 1장에 등장한다면 그만큼 효과를 발휘하지 못한다. 이런 이유로 미래 장면은 책에서는 사용하기 까다로운 한편 TV 드라마에서는 한층 효과를 발휘하는 것처럼 보인다. TV 드라마의 시

청자는 인물과 이미 친숙하기 때문에 인물이 미래 장면에서 위험에 처하게 될 때 인물의 안위를 걱정하게 된다. 하지만 시리즈물이 아닌 소설의 경우는 그렇지 않다.

- 회상 장면과 마찬가지로 **시간을 건너뛰는 과정에서 독자가 시간 감각을 잃고 혼란스러워질 수 있다.** 이야기의 시간 순서가 어떤 식으로든 흐트러진다면 이야기의 몰입을 방해할 수 있다.
- **미래 장면은 이야기의 본격적인 시작인 격변의 사건을 지연시킨다.** 예를 살펴보자.

프롤로그(미래 장면): 독자는 이 예고편에서 새러에게 총이 겨누어진 장면을 본다.

1장: 독자는 새러의 일상 세계로 돌아와 새러가 출근 준비를 하는 모습을 지켜본다. 새러는 은행 직원이다.

2장: 독자는 두 번째 주인공인 팀을 소개받고 팀의 일상 세계를 슬쩍 들여다본다. 팀은 사업가이며 돈을 맡기기 위해 은행으로 향하는 길이다.

3장: 독자는 새러의 배경 이야기를 보여주는 회상 장면을 통해 새러가 은행 지점장과 바람을 피우고 있다는 사실을 알게 된다.

4장: 팀이 은행으로 들어와 새러가 앉아 있는 창구로 향하는 순간 무장한 은행 강도가 은행을 급습하고 새러와 팀, 은행 지점장을 인질로 잡는다.

격변의 사건, 즉 은행 강도 사건이 벌어지는 순간이 4장까지 연기된다. 프롤로그를 포함한다면 실제로는 5장인 셈이다. 이 예시에서는 어쩌면 4장에서 바로 이야기를 시작하는 편이 좋을지도 모른다. 그리고 은행 강도 사건이 일어나기 전 인물들의 일상 세계에 대해서는 실마리를 통해 살짝 보여주는 것이다. 나머지 정보는 나중에 차차 채워 넣어도 된다.

어떤 이야기에서는 미래 장면이 효과를 발휘할 수도 있지만 나는 반드시 그래야 할 중대한 이유가 있는 것이 아니라면 되도록 미래 장면으로 소설을 시작하지 말 것을 권한다.

| 미래 장면을 다루는 요령 |

미래 장면에 따르는 여러 문제점에도 불구하고 미래 장면을 사용하는 경우를 위해 미래 장면을 다루는 몇 가지 요령을 설명한다.

- **시간을 앞으로 건너뛰는 지점과 다시 현재로 돌아오는 지점을 독자가 파악할 수 있도록 시간 표지를 사용한다.** 예를 들어 미래 장면의 끝부분에 "5일 전"이라고 명시하여 독자에게 우리가 다시 현재로 돌아왔음을 알린다.

- 회상 장면과 마찬가지로 **미래 장면은 짧고 강렬하게 쓴다.** 고든 코먼이 쓴 『에베레스트의 작은 거인들』 3부작은 단지 몇 문단으로 이루어진 미래 장면으로 시작한다. 3부작의 1권은 에베레스트에서 실종되어 사망한 것으로 추정되는 등산가의 장례식 장면으로 시작한다. 그다음 우리는 현재로 되돌아와 에베레스트 등반 준비를 하며 정상을 정복하려고 애쓰는 10대 아이들의 모습을 보게 된다. 독자는 1권의 첫 장면에서 사망한 인물이 누구인지 알기 위해 3권의 마지막 페이지까지 기다려야 한다.
- **미래 장면에서는 반드시 그 장면의 현재에서만 머문다.** 미래 장면에서는 배경 이야기를 무더기로 쏟아내지 않으며 회상 장면이나 과거의 기억을 넣지 않는다.
- **미래 장면을 클리프행어로 끝낸다.** 인물이 어떻게 그런 상황에 처하게 되었는지 뿐만 아니라 어떻게 그 상황에서 빠져나갈 수 있을지도 궁금하게 만드는 것이 바람직하다.
- **미래 장면의 뒤에는 흥미로운 장면을 배치하도록 유의한다.** 흥미진진한 장면에서 독자를 끄집어낸 다음 정보 무더기가 가득한 정적인 상황, 혹은 느린 서두로 독자를 지루하게 만든다면 독자는 책을 덮어버릴 것이다.
- **플롯의 반전을 누설하거나 서스펜스를 죽여버리지 않도록 주의한다.** 나중에 등장하게 될 장면의 일부분만 보여주고 너무 많은 정보를 누설하지 않도록 주의하라.

연습 #72

지금 쓰고 있는 소설의 장르에서 미래 장면으로 시작하는 작품을 본 적이 있는가? 그 장르의 열성 독자인데도 그런 작품을 본 적이 없다면 이는 그 장르에서 미래 장면을 제대로 사용하기가 어렵다는 증거일지도 모른다. 미래 장면을 사용하기 전에 거듭 고민하라. 미래 장면으로 시작하는 책을 본 적이 있다면 그 미래 장면이 효과적으로 작용하는가? 그 작품은 어떻게 미래 장면을 효과적으로 사용하는가?

연습 #73

지금 쓰고 있는 원고를 미래 장면으로 시작하기로 결심했다면 이 장에서 설명하는 '미래 장면의 문제점' 목록을 주의 깊게 공부하라. 여전히 미래 장면이 최선의 서두라고 생각하는가? 그렇다면 이 장에서 설명한 '미래 장면을 다루는 요령' 목록을 활용하여 미래 장면이 가능한 한 최대의 효과를 발휘하도록 만들라.

결론

이제 어떻게 써야 하는가

 이 책을 통해 이야기 서두의 구조를 어떻게 짜야 하는지, 책을 어디에서 시작해야 하는지, 어떻게 독자를 낚고 이야기 세계에 안착시키는지, 지나치게 느리고 혼란스럽고 진부하고 오해를 사게 만드는 서두에서의 흔한 실수들을 어떻게 피할 수 있는지에 대해 많은 것을 배웠다.

 각 장을 읽고 난 후 이제 어떻게 뛰어난 서두를 쓸 수 있는지 한층 잘 이해하게 되었을 것이다. 장 말미에 제시된 연습 과제를 성실히 완수했다면 독자를 이야기 안으로 끌어들이고 계속 책을 읽고 싶게 만드는 1장을 완성했을 것이다. 아직 연습 과제를 수행하지 않았다면 지금이라도 다시 돌아가 연습 과제를 수행하기를 권한다.

하지만 이것은 단지 시작에 불과하다. 새롭게 습득한 기술은 꾸준히 연마할 필요가 있다. 아무리 훌륭한 충고라도 자신의 글에 적용하지 않는다면 아무런 소용이 없다. 그러므로 소설의 1장을 고쳐 쓰는 작업을 일단 완수했다면 이 책에서 논의한 기술을 활용하여 2장, 3장, 그리고 서두의 나머지 장들을 고쳐 쓰라. 이 기술들의 일부는 책의 서두뿐만 아니라 2막과 3막에서도 적용할 수 있다.

이 책을 계속 펼쳐보고 기술을 되새기고 복습하면서 각각의 장면이 만족스러울 때까지 계속해서 고쳐 쓰라.

일단 원고를 자신이 할 수 있는 최선을 다해 고쳐 썼다면 다음은 객관적인 의견을 들을 차례다. 원고를 읽어줄 독자를 두세 명 찾아 어떤 부분이 효과적이며 어떤 부분이 효과적이지 않은지 알려달라고 부탁하자. 지금 쓰고 있는 장르의 열성 독자에게 부탁하도록 하라. 미스터리 소설만을 읽는 독자에게 로맨스 소설을 읽어달라고 부탁하는 것은(그 반대의 경우도 마찬가지지만) 별로 도움이 되지 않는다. 책을 읽어나가는 동안 어떤 종류의 의문을 품게 되는지 알려달라고 부탁하고 지루하거나 혼란스러워지는 지점을 짚어 달라고 부탁하자. 시험 독자의 의견을 참고하여 다시 한번 원고를 고쳐 쓰라.

또한 다른 작가들이 이 기술들을 어떻게 사용하는지 참고하고 싶을지도 모른다. 다른 작가의 책을 읽을 때마다 여러분을 이야기 안으로 끌어당기는 요소가 무엇인지 유심히 살피고 글을 쓸 때 그 기술들을 적용하라. 공책이나 컴퓨터의 문서 파일을 이용하여 책을 읽을 때마다 발견하는 소소한 창의적인 수법과 요령을 적어두어도 좋다.

시간을 들여 이 책을 읽어준 여러분에게 감사의 마음을 전한다. 부디 도움이 되었기를 바란다. 그리고 혹시 도움이 되었다면 이 책을 구입한 곳에 서평을 남겨주길 부탁한다. 여러분의 서평은 다른 작가들이 이 책을 발견하는 데, 그리고 뛰어난 서두를 쓰기 위해 고군분투하는 작가들에게 영감을 제공하는 데 도움이 될 것이다.

도움에 감사하다!

샌드라 거스Sandra Gerth에 대해서

샌드라 거스는 작가이자 편집자로, 자신의 글을 쓰는 한편 시간을 쪼개어 다른 작가들의 글을 고치고 다듬는 일을 하고 있다.

샌드라는 심리학 학위를 딴 후 8년 동안 심리학자로 일했고, 현재는 전업 소설가다. 그는 소설을 쓰는 일이 세상에서 가장 멋진 일이라고 생각한다.

샌드라는 저먼북트레이드아카데미Academy of German Book Trade에서 편집자 자격증을 받았다. 지금은 여성 작가들의 소설을 출간하는 작은 출판사 일바퍼블리싱Ylva Publishing에서 선임 편집자로 일하고 있다.

필명인 '재Jae'로 20편의 장편소설과 20여 편의 단편소설을 발표했다. 재의 소설은 수없이 많은 상을 수상했으며 아마존에서 여러 차례 베스트셀러 1위에 올랐다.

또한 샌드라는 '내 글이 작품이 되는 법' 시리즈의 저자이기도 하다.

샌드라 거스에 대해 더 알고 싶다면 www.sandragerth.com를 방문하라.

옮긴이 | **지여울**

한양대학교 토목환경공학과를 졸업하고 토목 설계 회사에서 일하다가 번역의 길로 들어섰다. 사람과 자연에 한걸음 다가설 수 있는 책을 발굴하고 번역하기를 꿈꾸며 현재 '펍헙 번역 그룹'에서 활동하고 있다. 옮긴 책으로는 『묘사의 힘』, 『시점의 힘』, 『행복 유전자』, 『열다섯이 여든에게 묻다』, 『가장 오래 살아남은 것들을 향한 탐험』, 『커브볼은 왜 휘어지는가』, 『탐정이 된 과학자들』, 『위대한 몽상가』, 『자살에 대한 오해와 편견』, 『실존주의자로 사는 법』, 『진리의 발견』 등이 있다.

≡ 내 글이 작품이 되는 법

첫 문장의 힘
그 장면은 진부하다

펴낸날 초판 1쇄 2022년 4월 15일
　　　　초판 4쇄 2024년 6월 28일
지은이 샌드라 거스
옮긴이 지여울
펴낸이 이주애, 홍영완
편집장 최혜리
편집4팀 장종철, 박주희, 이정미
편집 양혜영, 박효주, 유승재, 문주영, 홍은비, 강민우, 김애리, 김하영, 김혜원
디자인 윤신혜, 박아형, 김주연, 기조숙, 윤소정
마케팅 김미소, 김지윤, 김태윤, 김예인, 김슬기
해외기획 정미현
경영지원 박소현
펴낸곳 (주)윌북　**출판등록** 제2006-000017호
주소 10881 경기도 파주시 광인사길 217
전화 031-955-3777　**팩스** 031-955-3778
홈페이지 willbookspub.com
블로그 blog.naver.com/willbooks　**포스트** post.naver.com/willbooks
트위터 @onwillbooks　**인스타그램** @willbooks_pub
ISBN 979-11-5581-460-4 03800